岩波現代文庫／文芸 251

早稲田大学

尾崎士郎

岩波書店

凡　例

一、私は少年時代から大隈重信が好きである。彼に取材する歴史的小説を書くことは、この数年来の計画の一つであり、「早稲田大学」は、その重要な骨骼を示すべきものである。昭和二十七年十月、早稲田大学創立七十周年にあたり、この作品の完成がこれと軌を一にしたことは、作者の尠《すくな》からず愉快とするところであるが、しかし、この作品執筆の動機は、学校側の要請によるものではない。正確にいえば、むしろ作者の要請に対して、渡辺幾次郎、河竹繁俊両教授から示唆をあたえられたことと、先輩丹尾磯之助氏から材料の提供をうけたというにとどまる。特に丹尾氏の尽力と、激励なくしてはこの作品の脱稿は困難であったろうと思う。特に感謝の意を表したい。

一、「学校騒動」は「早稲田大学」に随従して成った作品であるが、大正六年に発生したこの騒擾には作者もまた一学生として関与しているので、これを歴史的事件として取扱うためには取材に伴う環境がなまなましすぎた。登場人物が実名と仮名と別々になっている。最初はすべてを実名によって統一したが、小説として虚構された部分もあり、それが現存の人物に迷惑を及ぼすことを避けようとする意図のためである。しかし、それがために事実の解釈に作者の意識を加えたということはない。鹿を追う猟師山を見ず、という言葉があるが、私は当時まだ二十歳になったときで、子供の世界から、やっと足を踏みだしたばかりである。一介の乳臭児に複雑にして表裏唯《ただ》ならぬ人間関係はもちろん、政治的情勢なぞのわかる道理はない。私は一方的認識の上に立っている自分の解釈を補正するために、この事件に関与した諸先輩の意見を求めた。これを綜合した上で自分の認識に還元すると、そこにはじめて納得のできる状態が生れてくる。現存する事件関係者の名前で、特にこれを明白にすべき必要のないものはすべて変名を用いた。ある時期において当然実名にすべきものであるが、小説として特に実名を用いる必要を感じなかったからである。

一、「大隈重信」を「早稲田大学」と改題したのは、文藝春秋編輯長車谷君の要請に応じた結果である。私としてはどっちでもいいが、自分の立場からいえば「大隈重信」の方がぴったりする。それに、「早稲田大学」というと、私が現代の早大出身の文学者を代表して母校の歴史を描くがごとき観を呈してくるが、私にそのような意図の微塵もないことは明白であり、もし、そう考える人間があるとしたら滑稽至極である。私は、ある意味において早稲田の反逆児であり、在学三年にして除籍された。言わば早大出身の不良学生である。現在は校友のはしくれに名を列しているが、往事を回想すれば一種妙な気持でもある。これを特に大書したいのは読者諸君のあいだに万が一、私が早大出身の秀才であったというがごとき誤解の発生することを防ぐとともに、早大出身の文学者並びに文学志願者を安心させたいためでもある。私は私の「早稲田大学」を書くのであるから諸君は諸君の「早稲田大学」を書いたらよろしい。私が政治経済科の出身で文科出身でないことも此処《ここ》に一言しておきたい。

一、「風蕭々」は、「早稲田大学」の後半にある霞ケ関事件に取材した作品である。これは刺客、来島恒喜の立場から執筆したもので、これは頭山満翁在世中、玄洋社故老一致して、あらゆる素材を提供され、これがために私は福岡を数回訪れて、史実の正確を期した。

昭和二十八年十月

著者

目　次

早稲田大学

1885(明治 18)年当時の東京専門学校学生．後方玄関に立つ一群が講師陣，うす地の羽織を着た人が，大隈侯と推定される．

1

新秋の一日、——私は大隈《おおくま》会館の庭園の中を歩いていた。午後の空が曇っているせいか、手入れの行きとどいた庭園でありながら、何となく荒廃したかんじが視野の中にあふれている。昔は樹立のふかい、雅趣のゆたかな庭であった。時代とともに錆びついた色彩が、チラチラと記憶の底からよみがえってくるだけに、今はあとかたもなく変りはてた、がらんどうの広場をゆびさしながら、此処が昔は落葉に埋もれたほそい道で、老侯爵は毎日必ず食後の散歩をされるのが習慣になっていました、——と、自信にみちた調子で語りつづけるN氏の声から、私は何の印象をさぐりあてることもできなかった。

戦災で焼け落ちたあとに、「大隈会館」と呼ばれている、あたらしくつくられた集会所式の建築が、私の記憶の中に残る古色蒼然たる庭園の風致と調和していないためでもあった。

昔は底の知れぬほど宏大であると思った庭が、これほど小じんまりとした寸の詰った地域に限られていることにさえ私は先ず驚愕の眼を瞠《みは》った。まだ季節は九月も半ばをすぎたばかりで風のつよい日であったが残暑はしっとりと大気の底にねばりついている。雲は低く垂れさがってはいたけれども、しかし新秋の爽かさは、ときどき、しいんと身うちに迫るようであった。庭園の周囲にあった杉の並木も、ことごとく戦災のために枯れつくして、昔ながらの形をとどめている樹木なぞは一本も残ってはいないというのだから、荒廃のかぎりをつくしたものらしい。その焼あとの中から、これだけの原形をさぐりだすことさえ容易な仕事ではなかったかも知れぬ。

その日の午後、私は新橋駅から自動車を走らせ、正門前らしいところで車をとめると、すぐ本部に、あらかじめ打合せのしてあったN氏を訪ねた。N氏は三十年前、私の在学時代の先輩である。私はN氏の案内で、正午すぎのひとときを、足にまかせて校庭の内部を彷徨《さまよ》い歩いた。歩きながら私の心はたちまち幻怪な思いに打ちのめされた。私の記憶の底に三十年間いつも同じかたちで夢のようにたたみこまれている学校のすがたは、もはや影さえも残してはいない。私は数年前、久しぶりで矢来坂上にあるS出版社を訪れ、その帰りみちに何の計画もなしに、わざわざ自動車を遠廻りさせて学校の前を通りすぎたことがある。季節はちょうど今と同じ九月であったが、おそらく懐旧やる方なしという思いに唆られたものであろう。正門の前に自動車を待たせ、ふらふらと校庭の中へ足を踏み入れたとたんに、私は奇妙な光景にぶつかった。三十年間、母校の校庭を歩いたことのない私にはもはやどこに何があるのか見当のつくべき筈もなかった。門を入ったときから何か唯《ただ》ならぬ気配をかんじていたが、正面の教室らしい大建築の正面に演壇が設けられ、小柄な一人の学生が何かわめくような声で叫んでいた。

その前には「レッド・パージ反対」と大書したプラカードを持った学生が列を組んでならんでいた。学生の数は多く見つもっても二百人か三百人程度と思われたが、この一団の学生の周囲に、雑然と入りみだれた群集(もちろん彼等も学生であったが)が立っていた。正面に整列している学生の一隊と彼等をとりかこんでいる雑然たる群集とのあいだには、一見しただけで、ぬきさしのならぬ感情の距離があり、ひた向きな正面の一隊とくらべると群集の表情はほとんど無感動といってもいいほど低徊的であった。

演壇に立っている指導者らしい男の声は私の耳にはよく聴きとれなかったが、一段落つくごとにプラカードがうごき、それにぴったりと調子を合せたように、整列している学生の列から、わあっと嵐のような叫び声が起った。私は群集の列を押し分けるようにして前へ出ていった。演壇の両側には、生徒監ともつかず、教授ともつかぬ中年の背広服を着た紳士が立っている。近づくにつれて、彼等の顔には、この殺気立った空気と結びつくことのできないような、冷たくこちんとした感情が翳のように沁みついていることがハッキリわかった。演壇に立って、煽動演説をやっている男は、自分の声に響きのないことがもどかしくてたまらないらしく、絶えず上体をはげしくゆすぶりながら、しきりに声を張りあげようとしているが、しかしいくらあせっても彼の声は中途でかすれてしまう。私は片手で頭をおさえながら、じっと彼の声に耳を澄ました。

「諸君、学校は学生の学校である、学生は自由に教室に出入りする権利がある、その教室の使用を禁ずるとは何事であるか、——われわれはこの横暴なる学校当局に対して」

そこまで聞いたとき、私は妙な気恥かしさのために、われ知らず胸がきゅうんと締めつけられた。妙な、——というのは、この青年の声の中に三十年前の自分の姿をぼうっと思いうかべたからである。しかし、今、私の前で広場の正面に列をつくり、スクラムを組んで恰《あた》かも組織された軍隊のように整然と隊伍を整えている学生の表情は一定の法則を保って硬化してしまっているように見える。私の耳に聞えた言葉は三十年前とほとんど渝《かわ》るところのない響きをもつ同じ言葉であったにしても、しかし、この雰囲気はあまりにも冷たく陰惨であった。彼等の集団の上にうかびあがった表情の中には、もはや三十年前の学生生活を彩《いろど》る底のぬけた明るさもなければ、無際限にひろがってゆく青春の、野放図な動きさえもない。むしろ、一種の律儀といってもいいほど小さな枠《わく》の中にとじこめられた感情の神経的な動きを見るだけである。立っているうちに次第に切なく、味気ない思いにうちのめされてゆく私のうしろから、そのときだしぬけに異様などよめきが起った。慌てて振りかえってみると、ひとりの背広服の男が数人の学生に両腕をおさえられて、ぐいぐいと力まかせにひきずられながら、前へ前へとおし出されてゆくところなのである。

ああ、そこにも三十年前の情景が同じ翳をうかべている。今まで黙々として傍観していた群集は急に活気づいたように動きだした。背広服の男はおそらく学生に偽装した刑事なのであろうか。すると、演壇に立っていた指導者らしい男が、またしても咽喉からしぼりだすような嗄《しわが》れた声で何か叫んだと思うと、正面に陣どっていた一隊が、スクラムを組んだまま前へ進んでゆく。

私はもはや、そこに居たたまれない気持ちで自動車を待たせてある正門の方へ引っかえした。

一瞬にして消え去った情景ではあったが、私が眼のあたり見たものは、伸びやかな夢を孕む学生生活が自然にかもしだす「青春の場」へ、何の遠慮もなく土足で踏み込んでくる陰鬱な政治の足音である。夢と香りにみちた若さのひとときを根こそぎに奪い去ってゆく、骨組のがっちりとした大人の表情である。私は時の変化をこれほど心に沁みてかんじたことはなかった。

私はともすればチグハグになる自分の感情を、一つの方向にねじ向けたまま、N氏の案内で校庭の中を足にまかせて歩きながら、今や私の記憶の外へ完全にはみだしてしまっている宏壮な建築を眩しい思いで仰ぎ見るのである。

輪奐《りんかん》の美、——というほどではないにしても、これが私の若き日をすごした学校だとはどうしても考えることのできないほど、今日の「早稲田大学」は堂々たる外観を備えて聳えている。私は、母校という感情につながる、さまざまな色彩や形や、きらめくような思い出とはまったく縁もゆかりもなくなってしまっているような、遠いところへ来てしまったという感懐にうたれた。

変っていないのは私の上級生だったN氏の顔だけで、どの建築にも見おぼえのある筈はなく、擦れちがう学生たちの、精彩にみちた若々しい顔にぶつかると私はどきっとして胸をときめかすのである。どの顔にも彼等の表情をかすめる、あたらしい時代の翳が、何の淀みもなくくっきりとうかびあがっている。どこを歩いても私にとっては結局同じことであった。私の記憶では正門を入るとすぐ左側に青いペンキの剝げ落ちた木造二階建の講堂があり、その横に田舎の中学校の雨天体操場を思わせるトタン屋根の学生控所があった。教室という教室は木造の二階建で、唯一つ、小高い丘の上から赤い煉瓦のあたらしい色を湛えて嶄然とうかびあがっていた恩賜館の建築も、今はどこにあるのか見当もつかぬ始末である。

その頃は正門から少しはなれて高等予科の門があり、その門が小さい通路をへだてて鶴巻町の一角を領有している大隈侯爵邸と向いあっていた。

「ほら、——此処から真正面に見えるホールの入口のところに大きな石が見えるでしょう」

庭園の奥にある、小さい流れの前へ来たところでN氏が立ちどまった。「あそこが、大書院のあったところで、昔ながらの原形をとどめているのは、あの沓脱ぎ石だけです」

N氏は、きょとんと眼を瞠っている私を振りかえった。あのへんが侯爵夫妻の寝室で、こっちが、応接室のあったところです、とそれらしい地点をゆびさしながら、一つ一つ丁寧に説明するN氏の声を私は虚ろな思いで聴きながしたまま、ゆるやかな曲折を描く小川の水面に視線をおとした。底がすけて見えるほど浅い流れに雲のかげが映っている。

　その流れの音に、じっと身を澄ましていると、夢のごとくに過ぎた三十年前の思い出が私の心に湧くようにひろがってくる。今は校庭のどのあたりになるか方角さえもわからなくなっているが、昔は正門を入ると、すぐ突きあたりに、大きく傾斜面をひろげた芝生があり、われ等の総長、大隈重信の銅像がその正面にあった。その情景を思い描くだけでも、なつかしさに心のひきしまる思いであるが、始業式と卒業式の祭典の開かれるのはこの芝生の広場で、ざわめきたつ全校の学生がそれぞれの位置に整列している左手の通路を、杖を片手に、びっこを曳きながら、ゆるゆるとのぼってくる大隈老侯の姿ほど、世にはなやかであり、荘厳であり、英雄的な感銘をあたえるものはなかった。

　振鈴が鳴りわたると、今まで、がやがやと騒いでいた学生の列が急にしいんと鳴りをしずめる。今、思いだしただけでも胸がおののき、両足がふるえるようだ。式帽であるツバのない菱形の制帽を心持ち斜めにかむり、真紅のガウンを羽織った老侯のあとから、高田早苗、天野為之、坪内雄蔵の三長老が同じ恰好で悠々と通路をのぼってくるときの壮観は文化の粋を誇るといっても嘘ではあるまい。これにつづく、田中穂積、塩沢昌貞、金子馬治、等々の教授が、つぎつぎに壇上に席を占めると、やがて、老侯がゆったりと立ちあがる。彼の身のこなし方から発声法まで大きくふくよかな親和力にみちあふれて、自然にかもしだされるユーモアが、みるみるうちに若い学生たちの感情を和やかな雰囲気の中へたたみこんでしまう。彼こそは人生の達人というべきであった。私が大隈重信をはじめて見たのは私の中学時代、――それもたしか二年か三年の頃であったから、年代的に言えば彼が長い失意の時代を経て、ふたたび総理大臣たるべき偶然の機運に恵まれた直前であった。そろそろ八十にちかい頃だったと思う。民間の一布衣として全国遊説の途にのぼっていた彼が、私の中学のあった岡崎へ立ち寄ったときである。そのとき、駅から岡崎の市街まで鉄道馬車が通じていたが、全市(当時はまだ岡崎町であった)は、この維新の元勲を迎えようとする人波によってごった返していた。私たちが駅の前に整列していると、汽車が着いて、従者の肩に両腕を支えられながら、ゆったりとした足どりでプラットホームを歩いてきた。この老人の姿は今でもありありと私の眼先きにちらつくようである。その頃、岡崎の町に、はじめて一台だけ出来たゴム輪の人力車が彼を乗せて私たちの前をすべってゆくとき、俥の上に上体を反りかえるようにして乗っていた老政客は軽く右手をあげ、山高帽子のふちをおさえて宙に浮かせるような恰好をしながら、いかにも満足したらしい微笑をうかべた。そのときの、若々しく屈托のないかんじにくらべると、大正六年、私が高等予科に入学したとき、始業式に臨んだ彼の姿にはすでに老衰の色が濃く、辛うじて壇の上に自分の身体を支えているというかんじが、彼自身、私たちを失望させまいと努力しているだけにひとしお痛々しい思いをふかめた。態度と物腰だけは、いかにも昔のとおりであるが、身体全体からうける印象にはすでに精彩が失われていた。

　彼の言葉は非常に低く、最初のうちはほとんど聴きとれなかったが、しかし学生たちにとっても彼のしゃべってる言葉の内容なぞはもはやどうでもよかった。当時の、彼に好意を寄せる新聞用語をもってすれば、この楽天的な大人物は、高遠の理想を一枚看板とする大風呂敷と呼ばれていた。高遠の理想というものは、まったく茫漠として、学問や思想をもってしては到底捕捉することのできるものではない。当時においてさえ、いかに考えても彼はすでに旧式の古典的人物であり、彼の識見と抱負に耳を傾けようとする学生はほとんど一人もいなかった。唯《ただ》、この大風呂敷の中へひとりでにまきこまれてゆく楽しさだけが、何の批判もなしに私たちの心へぐいぐいと迫ってくるのである。

　私は彼の右手が高く、ゆるやかな動きをみせて、恰《あた》かも舞台の上に立つ名優の所作のごとく、同じ位置を幾度《いくた》びとなく旋廻するのを見た。

　前の席を占めている学生のあいだから割れるような拍手が起った。その波がしずまるのをじっと眺めてから、彼は上体を前へ乗りだした。

「青年は勇気を持たねばならぬ。勇気は常に自由と独立の精神から生れる」。

われ等の総長は、口をへの字なりにおしゆがめ、それからぐっと肩をそびやかした。

「諸君は知るであろう、――ワーテルローの一戦において、ナポレオンを一敗地にまみれしめたところの」

ゆっくりゆっくりと、押しだすように出てくる言葉が、此処《ここ》まできて急に途切れた。一瞬間、老侯爵は心持ち首を右にかたむけ、二、三度同じような素振りで芝生をうずめる学生の列を見わたしたと思うと、急に、くるりとうしろを振りかえった。誰れの眼にも、彼のそうするのがいかにも自然であると思われるほど、落ちつきのある身のこなし方であった。

一座は、たちまち水を打ったようにしいんとなった。

「浮田博士はおらぬか、――吾輩の政治顧問である浮田博士は?」

その声には、彼が会衆を前に、身体を斜めにして叫んでいるにもかかわらず、彼の演説よりも大きく、つよいひびきがこもっていた。すると、華奢な身体つきをした、ほそおもてのフロックコートを着た初老の紳士が、演壇の左側に位置を占めている教授席の端《は》しの方から及び腰になって小刻みに老侯爵の前にちかづいてきた。政治史を担当する浮田和民《うきたかずたみ》博士である。われ等の総長は、かすかな微笑をうかべ、前かがみになっている博士と何かひそひそと話し合っている様子であったが、おそらく二人の会話はものの一分とはかからなかったであろう。われわれが、ハッと気がついたときには老侯爵は早くも以前の姿勢にかえっていた。彼は右手を高くあげた。

「その、ウエリントンである、ナポレオンをやぶったウエリントンが」。

会場の隅々から湧き立つ拍手のあとから、どっと、あふれるばかりの哄笑が起った。そのあとから、また拍手が鳴りひびく。彼はウエリントンの名前をわすれていたのである。それを何の悪びれるところもなく、聴衆を前にして彼自ら信頼している政治顧問を呼んで訊きかえす態度の明るさが、何の凝滞も遅疑すらもない彼の演技を一層素晴らしいものにしてしまったのである。老侯爵はなお格調の正しい口調で、ゆっくりゆっくりとしゃべりつづけていたが、このとき学生たちの感激はほとんど絶頂に達していた。

「ウエリントンは万雷のごとき熱情をこめた拍手をもって彼を迎える大英国の民衆に向って言った。ワーテルローの勝利は自分一個の負うべき偶然の運命ではない、自由と独立の精神を体得して、余すところなき子弟の教育の然らしむるところである。

——満堂の諸君よ、およそ青年たるべきものは野心と勇気を持たねばならぬ。ウエリントンは偶々《たまたま》ナポレオンを相手とするワーテルローの戦場において彼の真髄を発揮したが、およそ高遠なる理想を行わんとする場所は人生の到るところにある、吾輩は諸君に向って何ものかになれなぞというケチなことは申さぬ、学生たるべき諸君は先ずおのれの心を屈して学問を修得すべきである。然る後に、諸君はひとたび校門を出ずるや、百里を往くものは百里、千里を往くものは千里、――諸君はいかなる外来の力に妨げられることなく思う存分の活動に任ずべきである。吾輩が早稲田大学を創造した動機も此処《ここ》にあり、精神もまた此処にある。学者たるもよく、政治家たるもよく、あるいは商人たるもよく、天下の改革に任ずる国士たるもよく、諸君がいかなるところに能力を発揮するにしても、早稲田大学によって学び得た確固不抜の精神は必ずや諸君を天下の第一人者たらしむるであろう。これこそ独立自由の研究から得られたところのものであり、特定の政略や目的によって生じたものではない。およそ、思想や政策は人が変り時代が変れば必ずその形体は一変する。然るに学問の独立、自由の研究を根底とする学校の精神は、将来いかに時代が変化したところで断じて変るものではない。変らぬどころか、次第に進歩発達して絶対に退くことのないところのものである。すなわちわが早稲田大学は安全に堅固に、永久に存在することは火を看るよりも瞭《あきら》かである。早いはなしが、今、吾輩が此処に立ってしゃべっている壇上のうしろ

上，小野梓．下左より金子馬治，浮田和民．

には吾輩の銅像が立っている、——かかる場所に吾輩の銅像を立てられたことは校友諸君の絶大なる好意に基くものであるんである。これを吾輩一個人の光栄と名誉のためと考うるならば、まことに不徳不才、自らかえりみて慚愧のいたりに堪えざるところであるが、この銅像の中には、早稲田大学の前身である「東京専門学校」の創設にあたって、苦心惨憺、ついに血を吐いて倒れた小野梓《おのあずさ》君をはじめ、本日此処に列席されている高田早苗《たかださなえ》君、それから天野為之《あまのためゆき》君、坪内雄蔵《つぼうちゆうぞう》君たちによる異常なる努力と献身的精神が日本における新教育の基礎を築いたものであると信じている。その大精神、すなわち、ようやく形を整えた早稲田大学の学風と学問に対する校友諸君の忠実にして熱烈なる意志が、この銅像となってあらわれたと信じて、吾輩は喜び勇んでこれを受諾した次第である。もはや、ひとたびこの銅像が立った以上、何ものの力をもってしてもわが早稲田大学をつぶすことは出来ないであろう。考えようによっては、これは学校にとって一つの装飾であり、墓である。墓といえば不祥のようであるが、すなわち紀念物である。決して吾輩の徳を顕わすというわけのものではない。永久の紀念物である。吾輩は骨を銅像の下にうずめようという意志は一つもないが、この銅像の中には吾輩の精神が宿っている。わが早稲田大学も今後、時勢の変化に伴って学校の形態もおのずから変ってゆくであろう、しかし、この銅像の存するかぎり、われ等の理想は永遠であり不朽である。興廃浮沈は吾輩の関するところではない。――早稲田の学風を慕って来り学ばんとする青年の跡を絶たぬかぎり、学園の前途は洋々たる希望にみちみちているんである」。

この日、老侯爵は特に上機嫌であったらしく、ふたたびうしろを振りかえって教授席にいた高田博士と視線がぶつかると、

「のう、高田君、坪内君、天野君」。

と、ほがらかな微笑をうかべ、大きく無造作な態度で呼びかけると、嵐のような拍手が鳴りひびいた。

2

早稲田大学の前身である東京専門学校の創立は、明治十五(一八八二)年十月であるから、大隈重信は数えて四十五歳であった。その頃から福沢諭吉と交遊の深かった彼が、当時、日本唯一の私学であった慶応義塾の経営に助力していたことも確かであるが、彼が進んであたらしい私学の創立を企てたのは、その前の年、伊藤博文、黒田清隆、山県有朋、井上馨等の薩長派から政府転覆の陰謀を策するものであるという理由

の下に致命的な排撃をうけ、ついに参議の職を去らなければならない運命に陥ったことに端を発する。当時の政情と、これに伴う人間関係は複雑多岐にわたって、大隈排撃の根抵がどこにあったかということも一方的な解釈だけをもってしては容易に処理のつかないものがある。例えば北海道の利権払下の問題に対して黒田(清隆)の計画を全面的に否定したことと、それから大隈年来の主張である国会開設の意見があまりにも急激にすぎて、政府要路の綜合的認識と調和しなかったというようなことも、表面の理由ではあるが、必ずしも直接の動機ではない。むしろ彼等の感情を極度に悪化した根本の原因は、大隈参議が民間の改革派を代表する福沢諭吉と気脈を通じて、事ごとに政府部内の意見を混乱させ、それがために内閣の維持を危殆に瀕せしめようとしているという流言の作用したところにある。これがために大隈の失脚と同時に、慶応出身の官吏は一人残らず誰彼れの差別なく職を追われた。政府主脳部の感情は極度に激化してきたのである。

民間の輿論は、しかし、このときほとんど大隈の支持に傾いていた。やっと四十を過ぎたばかりの、中年の闘志に燃え立つ大隈がこの屈辱的でもあれば、考えようによっては彼の政治的生命を断つにひとしい桂冠に甘んずべき道理もない。敢然として野に下った彼は、百歩を退いて育英の事業に身を挺しようとしたのではなく、むしろ彼の政治的理想を将来につなごうとする積極的な動機が期せずして「東京専門学校」という形をとってあらわれてきたのである。その頃、青年を愛する彼の周辺には多くの人材があつまっていた。小野梓、矢野文雄をはじめとして、鳩山和夫、犬養毅、尾崎行雄、砂川雄俊、高田早苗、中江篤介(兆民)等々の、むしろ一種の混沌雑然たる雰囲気の中に、次の時代を形成する精神的要素が彼を中心として動こうとする気配を示していた。

私学の設立については彼がひと方ならぬ関心をもっていたことはもちろんであるが、しかし、「東京専門学校」は彼の参議辞職と同時に油然として湧きあがった反政府的空気の中から徐々に形を整えてきたのである。その首唱者は、彼にとって唯一の秘書であり参謀であり、同時にふところ刀である小野梓であった。

小野は大隈の信頼をうけて会計検査官の位置についていたが、大隈と身命を共にして官途を去り、国会開設運動を強化することによって民間の空気を煽るために同志を糾合した。

自分を窮地に陥れた薩長政府にひと泡吹かせてやろうという気持も大隈の胸の底に鳴りをしずめていたであろう。閑地についた彼は小野の献言によって、今まで彼とつながりのあったジャーナリストたちと一層緊密に結びつくと同時に、小野の紹介による有為の青年をことごとく彼の傘下にあつめた。

「報知新聞」の矢野文雄、毎日の沼間守一をはじめとして、新聞界の大元老である「朝野新聞」の成島柳北《なるしまりゅうほく》を中心とする革新的ジャーナリズムが次第に大隈の政治的意見に接近してくる頃には、小野の周囲には八方から有能な青年があつまってきた。その中心分子が期せずして東京大学の学生であったことはもっとも革新的な空気が此処に横溢していたからである。高田早苗、坪内雄蔵、市島謙吉、天野為之、岡山兼吉、山田一郎、等々の学生が、文科と言わず法科と言わず、ほとんど共通して政治的な革新思想の持主であったことは、上下を通じて政治一色に塗りつぶされた時代的空気の然らしむるところである。

その頃、雉子橋《きじはし》(現在の九段坂下)にあった大隈邸の、中庭を前にする十畳の応接室は朝から訪客でごったかえしていた。畳の上に敷いた絨氈の上に、片隅のテーブルの上のランプからあかるい灯かげが流れ、夜更くるまで若やいだ声が低い天井に鳴りひびいているのも珍らしいことではない。その沸ぎりたつ空気の中へ、結城紬の袷を着ながしのまま痩軀鶴のような成島柳北が、一杯機嫌で蹌踉《そうろう》としてあらわれてくることもあった。

こういう雰囲気の高まるにつれて、自由と独立を標榜する東京専門学校の設立はいよいよ急速に実現する手筈が整った。大隈は彼の世襲財産と目すべきものをことごとく金に代えて、その頃彼の、ささやかな別荘のあった西北の郡部、早稲田村にあたらしく土地を買って、丘陵をうしろに控えた田園の一隅、茶畑の中に、建坪八十坪あまりの、木造二階建の本校舎と講堂、これに隣接する小さな寄宿舎をつくった。大隈別邸は、校舎の門から傾斜を描いて左右にひろがっている茗荷畑をへだてて新設の講堂と向いあっている。

校舎が完成して、開校式のひらかれたのは十月二十一日であるが、その二、三ヶ月前から全国に趣意書を配布して大々的な学生募集を行った。

趣意書の内容は一応型どおりの、模範国民の養成からはじまって、「学理と応用、研究と実践、理想と常識とを兼備したる良国民を陶冶することを目的とするにあり」——というところに眼目がおかれていたが、独立自由の学風をもって官学の固陋なる教育方針に対抗する、というような文句が特にうきあがって見えたのも、一方において、板垣(退助)の自由党に対し、大隈を主班とする立憲改進党が発足して、いやが上にも国民の政治熱を煽っていた頃であってみれば、時の内閣が「東京専門学校」を大隈による政府攻撃の一翼であると考えたのも理由のないことではなかった。

開校式のひらかれた当時の校長は大隈と前夫人とのあいだに生れたひとり娘、玖磨子の養子英麿《ひでまろ》であったが、実質的に学校の経営一切を担当していたのは小野梓である。

その開校式の席上で、来賓として出席した人たちの挨拶の中には、内閣の文教方針と、言論自由を抑圧しようとする態度を非難するものが多く、当時のジャーナリストを代表して登壇した成島柳北は卓をたたいて藩閥政府の非を鳴らした。「私が東京専門学校に望むところは権力に屈して一身の安泰をはかろうとする当世才子の出現ではなくて、真に国民を永世に利するの士のあらわれることである。施政の要務を知って民間の精神を代表するものもこの学校から出るであろう。自治の大本に基いて改新の勢力をさかんならしむるの士も、この空気の中から生れるに相違ない。しかし、私のもっとも望んで止まざるところは、おのれの信ずるところを堂々と行い、権勢を恃んで民心をおさえ、天下の政治を壟断しようとする卑劣頑陋の小人に一撃を喰わし、これを悔悟反省せしむる人物の出現である」。

維新当時、幕府の陸軍奉行であった「柳橋新誌」の作者である老いたるジャーナリスト、柳北の語る言葉は、ほそくかすれてはいたけれども、しかし聴くものの肺腑をえぐるようなつよい響きがこもっていた。

募集に応じて入校した学生は僅《わず》かに八十人、教師は高田、坪内、天野を中心として七人に過ぎなかったが、今まで森と田圃にかこまれ、夜は雁が渡り、狐や狸が出没するといわれたこの片田舎に、忽然として新校舎が出来、肩を怒らした青年学徒の横行濶歩する姿が東京市民の耳目を聳動したことは明かである。

私(作者)の知るかぎりにおいて、大正初年から十年ちかくまで、学校の裏門から戸塚の通りへ出て、山吹の里にちかい源兵衛町の方へ下ってゆくと、戸山ケ原につづく武蔵野の原形が残っていた。江戸川の上流を挟む地域は眼もはるかな田圃で、ところどころに森があり、雑木林があった。目白の学習院へゆくまでの高原の道には家らしい家もなく、右に山県有朋の住む椿山荘の、三万坪にある広大な庭園は深い繁みに掩われて、しいんとしずまりかえり、歩きながら雉子や山鳥の声を聞くことも一再ならずであった。

当時の早稲田は校舎の二階からの眺望はことごとく田園の風景で、神楽坂へ出るまで人家はほとんどなく、通路といえば穴八幡へ通ずる馬場下の道よりほかになかったらしい。今は繁華な街に変っている高田の馬場も、雑木のふかい高原であった。落葉を踏んで歩かねばならないようなほそい道で、人力車の通ることさえ容易ではなかったと言われている。

この田圃の一角が埋ずめられて、次第に新開地の様相を呈してきたのは、開校式のあった翌年、大隈が雉子橋の邸宅をひきはらって早稲田に居をうつしてからである。

その頃から大隈の楽天的な性格は学生たちの人気を博し、彼独特の大風呂敷によって次第に民間の情熱を大づかみに結集していった。最初の計画では、彼自ら総理となり、副総理に河野敏鎌を置き、小野梓を幹事長として、馬場辰猪《ばばたつい》、箕浦勝人《みのうらかつんど》等をそれぞれ重要なポストに配置して改進党を組織し、更に党員の中から別の人材を抜擢して、新聞経営を行い、此処《ここ》に一大宣伝力を発揮した上に、東京専門学校によって、後につづくべき新時代の基礎を築こうというつもりであったらしい。新聞は「報知新聞」を買収して、矢野文雄、犬養毅、尾崎行雄等に一任し、東京専門学校だけは政党的立場から超越した学問の府たらしめるという理想の下に事を運ぶ予定だったが、しかし経営の主体が小野であり、彼の傘下にあつまる少壮政治家は自由に学校へ出入していたので、学生たちも学業の余暇には時事を論じ、政策を批判して、将来の大臣宰相を気どるという風潮は、外の空気が国会開設問題で湧きたっているだけに、政治科も文科も法科も、ことごとく政治的色彩を帯びてきたのは当然の帰結である。

西南戦争からうけた打撃は、政府部内にもまだ生々しい傷痕を残しているときであったし、私学に対する警戒と、大隈の進退に疑惑の眼を向けていた政府の首脳者、特に大隈と親交のふかい伊藤(博文)と井上の意見は東京専門学校の存在を黙視することのできないという結論に到達した。警視庁に命じて内情を探索させ、場合によっては学校を閉鎖させるという準備が内密のうちに進められていたのも自然の成行である。その頃、高田早苗はシェクスピアの戯曲をテキストとして英文学の講座を受持ち、坪内雄蔵(逍遥)は憲法論を担当していた(これが逆になったのは早稲田大学と改称され、文科が新設されてからである)。坪内はこの頃から「春廼家おぼろ」という変名で、数種の政治小説を発表した。その発表機関が、改進党にもっとも縁のふかい「江湖新聞」や「東京絵入新聞」であったし、彼の僚友である高田も天野も市島も、一方では改進党に入党して政治活動をつづけていたので、文学によって立つ坪内もまた自ら進んで、彼の身辺に渦を巻く潮流に押し流されていった。

大隈の理想は、保守、急進の二大政党を基盤とする立憲政治の実現であったが、板垣を中心として、ルソーの民約論を信条とする急進的立場をもつ自由党に対し、改進党は英国流の漸進主義(彼等はこれを秩序的進歩主義と呼んでいた)を綱領として発足したが、政治的立場において当然、保守党的役割に任ずべき改進党と自由党との差は紙一重のところにあった。その動きは東京専門学校にも微妙な影響を及ぼしてきた。

しかし学校の設立を聴いて、全国からあつまってくる学生の数は次第に多くなり、彼等は笈《おい》を担って上京するというよりも、むしろ風雲を望んで馳けつけるというかんじの方がつよかった。それが政府部内の意見を一層強化する結果になってあらわれてきたのである。

これはひとり東京専門学校だけではなく、官立の東京大学(後の帝大)をはじめ、当時私学の二大双璧ともいうべき慶応義塾と同志社においても学生が政治的認識を明《あきら》かにして時代の改革に志したことは共通の現象であった。ひとり東京専門学校だけが眼の敵にされ、政府の圧迫によって、その存在が、しばしば危殆に瀕した根本の理由は、経営の主体が大隈であり、政府にとって一大敵国の観を呈しつつある改進党と表裏一体の関係をもつものという認識に基くものである。事実、民衆の眼には、もっとも急進的であるべき自由党が、いつの間にか藩閥政府に接近して、その与党のごとく映ってきたにもかかわらず、漸進主義の改進党が逆に藩閥政府打倒の標識を高くかかげ、純粋野党としての色彩を濃厚にしてきたことは皮肉な現象であった。

学校の内部には学生を偽装した刑事が忍び込むようになったのもその頃である。政府はこのときすでに民間の反政府的な政治結社に弾圧を加えるとともに、学生の政治的集会を禁止していた。それ故、命令をうけて忍びこんでいた刑事たちは、それが教室の中であろうと校外の草原の上であろうといささかも容赦しなかった。

誰も彼れも木綿の紋付に、よれよれの小倉袴という風体である。高田教授のシェクスピアの時間で――その日は「マクベス」の講義が終って、教授の姿が扉のそとへ去ると、一人の学生が矢庭に教壇の上へ立ちあがった。

「諸君、——国会開設は今や目睫《もくしょう》の間に迫りつつある、いやしくも日本国民として生をうけているかぎり学生といえども、われ等はこの国家の大問題を等閑視するわけにはゆかぬ」。

ヒヤ、ヒヤ、という叫びが起った。

「然るに、政府は当然民間の情熱を代弁して立つべき自由党を買収して、藩閥政府の命脈を保たんがために卑劣な工作を暗黙のうちにつづけている」。

彼は右手を高く宙にふりあげた。「それればかりではない、地方の官吏に命じてわが東京専門学校に入学を志す青年士弟に暴圧を加え、公職を濫用して学校を誹謗し、これに反対するものは理由なくしてこれを留置して憚らぬという態度を示しつつある、諸君、われ等はこれを黙視して権力に屈服することに甘んずることが出来るかどうか！」。

ドカンとテーブルをたたいて、ぐっとうしろへ反りかえった（彼等が演壇に立つときは判で押したように大隈の演説口調が沁みついていた）。

ゆるがすような拍手が起って、その男が降壇すると学生たちはつぎつぎと演壇の上へあらわれた。こういう情景は毎日のようにくりかえされている。やっとひと騒ぎすんで、学生たちがどやどやと教室の外へ雪崩れるように出てゆこうとしたとき、同じ恰好をしたもう一人の男がひょいと横合いから出てきて最初に演壇に立った学生の肩をおさえた。

「君、ちょっと話があるんだが」。

「何じゃい？」。

「今の問題なんだがね、——まア、ゆっくり話そう、そこへ腰かけてくれたまえ」。

その学生をかこんで二、三人の同じ恰好の男が、彼の腰かけた机をとりかこんだ。

「つまり、さっきの、政府が学校に弾圧を加えているという話なんだが、それを誰から聞いたか、ハッキリ言ってくれたまえ」。

冷たく光る眼の色であった。学生の扮装を脱ぎすて職業的な刑事に立ちかえったその男の顔にはかすかな妥協もゆるさぬような威厳がこもっている。しまった、と思ったときはもうおそい。二、三回問答をしたあとで、その学生は三人の刑事にかこまれたまま引き立てられるように学校の門を出ていった。これがキッカケとなって同じような事件がつぎつぎと起った。神楽坂下の縄のれんで、一杯やりながら、時事を談じていた学生の一人がとなりのテーブルにいた仲間の学生から矢庭に片腕をおさえられ、そのまま外へつれだされたこともあった。誰れが学生で誰れが刑事であるかわからぬような不安は刻々に増大してきた。外から迫る不穏な空気が次第に切迫するにつれて学生たちの感情も激化し、事前に教室へまぎれこんできた密偵を発見してこれを校庭にひきずりだし袋だたきにしたことも二度や三度ではなかった。この噂がつたわると、今に東京専門学校は廃校の憂目に遭うであろうというまことしやかな流言が撒きちらされた。政府はあらゆる手段を講じて陰に陽に学校の経営を妨害した。銀行に命じて貸出を禁止し、経済の面から糧道を絶って自発的に廃校させるという深刻な計画を立てた。とはいえ、日に日に民間の勢力を扶植してくる改進党と大隈自身の動きを無視して、断乎たる処置をとるだけの勇気はなかった。それがために眼に見えない圧迫はますます険悪化して、官立学校に教職を奉ずるものは東京専門学校に関係してはならぬという内訓を発すると同時に、今度は逆に学校の内部に働きかけ、利権によって教授陣の崩壊を企てようとした。——ようやく日の眼を見たばかりの東京専門学校の前途に危機は刻々に迫ってきたのである。

3

最初八十人だった学生が、その翌年には倍数になった。それから臨時募集をするごとに学生の数は加速度にふえてきた。止むなく校舎を増築することになったが、工事の進行中、銀行が貸出を禁止したので、学校はその月から教師や事務員の俸給を支払うことさえ出来ないような状態になってきた。

大隈も、学校というものが、眼に見えないような設備のために、これほど金のかかるものだということは今まで予想もしなかったらしい。ほとんどその財力を改進党と新聞の経営にそそぎ入れていた彼にはもはや辛うじて自分の生活を支えることだけが精いっぱいで、それ以外の余裕はなかった。当時の会計記録によると、学生の月謝が一円で、専任教師の最高額が三十円、あとは十円もしくは五円の小額に過ぎず、その俸給さえも停滞しがちであったところへ、突然銀行から融資の道を失ったので、支払は一ト月二タ月とおくれ、教師たちの中にはたちまち生活に窮するものもあり、独身の教師は大隈の邸内に起居して自炊生活をしながら教壇に立つという悲境に陥ったが、しかし、それにもかかわらず学校の内部は日を逐うて充実してきた。学生はすでに三百を越え、教師の数も開校当時とくらべると倍数にのぼっている。それに外部から応援する講師たちの中にはこの窮状を耳にして無報酬でいいからと進んで申入れをするものもあった。三宅雄二郎(雪嶺)、志賀重昂等も政党政派の立場をはなれて学校の支持のために乗りだしてきた。

小野梓はこの経営難を突破するために、ほとんど日夜、不眠不休で駆けまわり、私的関係の借財を重ねて、ようやく一ト月一ト月を過していたが、その日ぐらしのゴマ化しの永続すべき筈もなかった。ついに大隈の提案で彼の旧藩主、鍋島侯爵にたよって金融の道をひらく決心をしたけれども、そのことを探知した政府は、すぐさま鍋島家へ非公式の使者を送り、宮内省の名義をもって、反政府的な言動を逞うしている大隈に融資するがごときことは聖上への聞えも悪く、鍋島家の将来に一大禍根を残すであろう、——という内意をつたえた。事実、大隈は上位の参議でありながら明治大帝の信任甚《はなは》だうすく、剛腹をもって聞えた彼が、伊藤、井上を相手に一戦を試みることさえもなく、進んで百歩をしりぞいて野に下ったのも、彼等の決意が暗に宮廷の感情によってかたちづくられたものであることを知っていたからである。

結局、経営の任にあたるものが小野を中心に幾度《いくた》びとなく協議した挙句、一円の月謝を八十銭増額して校費の補給にあてることになったが、この計画の実行がいかに勇断を必要としたかということは、その頃、官立大学をはじめ、およそ何にかぎらず、専門学校と名づくべきものの月謝は一円が通り相場であって、これに八十銭を増額することは、まったく類例のないことであった。それ故、当然学生の反対があり、思いがけぬ紛乱の生ずることを覚悟しなければならぬ。それでなくてさえ、平地に波瀾の生ずることを期待している学生たちが、これをキッカケに騒ぎ立てようとする兆候を認めた彼等の苦心は尋常一様のものではなかった。小野も高田も市島も三日三晩、反対の気勢をあげている学生たちを説き伏せるために駈けずり廻った。ようやく事無きを得たものの、早くも三百名を越えた学生を収容する学校の運営には、なお他に工作をめぐらして資力を獲得しなければならぬ。

小野の苦衷を察した大隈は、思いあまって、その頃、残忍非道の高利貸として知られていた横浜の平沼専蔵から金一千円を借りて、やっと窮途に備えることができた。利子は毎年二回払込むことになっていたので、幹事、市島謙吉が大隈の代理として期日の迫るごとに利子を持って横浜に通うのが常例とされていた。しかし、大隈に心酔していた平沼は期日が来ても格別催促をするようなこともなく、市島が行くごとに、座敷へあげて彼を激励した。元金の一千円も彼は最初から返してもらう気はなく、数年の後、学校へ寄附してしまった。これが東京専門学校寄附金の最初であると言われている。このような曲折にみちた激しい時代的環境の中で、ともかくも東京専門学校がそれも唯、存在を保ったというだけではなく、年毎に発展していったということは、今から考えると、あまりにも不思議な出来事である。

第一回の卒業式がひらかれたのは明治十七(一八八四)年七月で、政治科は四人、法律科は八人、総長大隈重信の名義によって、それぞれ得業生の証書が授与された。卒業式場は、ようやく竣工したばかりの新講堂である。青葉をゆるがして窓から吹き入る風はすがすがしく、講壇をはさんで左に評議員、右に教授の席が設けられたが、しかし、その日、当然式辞を述ぶるべき筈の小野梓は見るかげもなく憔悴して、椅子に自体を支えていることさえ容易ではなかった。絶えず軽い咳をつづけながらハンカチで口をおさえている姿が、列席の人たちの眼に切なく物哀れな印象をあたえた。学校の経営に奔走して心しずかに休息する日もなかった彼は、同じ年の五月、条約改正問題が起ると、これに反対して「条約改正論」を執筆し、一世の輿論を喚起しようとしている最中、宿痾の肺を犯されて喀血し、病床に就いたまま、動くことのできない身の上になってしまった。卒業式の式典に彼が病を冒して出席したのは、半生の努力を傾けた成果のあとを、せめて眼のあたり眺めようという念願からであったろう。しかし、その日帰宅して床に伏すと、彼はまたもや喀血したが、その気魄にはいささかの衰えもなく、闘病生活を重ねながら三年にわたる彼の講義の大集成ともいうべき「国憲汎論」の校正を終って、その巻頭に掲出するための題言の代りに一首の歌を書き残した。

逢ひ見んと契ることばのなかりせばかばかりふかくものはおもはじ

彼の情熱は底をはたいて東京専門学校の経営とその内容を充実するためにつかわれた。彼は私費を投じて図書室を完備しただけではなく、日本の文化を推進するために、外国書を販売する書店を神田小川町につくって、ロンドン、パリ、ベルリン、ニューヨークの書店と直接契約を結んで学術書の輸入につとめた。書店の名である東洋館(現在の冨山房)は、彼の雅号をそのまま適用したものである。彼の家は鷗《かもめ》の渡しにちかい浅草橋場のちかくにあったが、二階の書斎は、そのまま彼の病室に変った。空には次第に紺碧の色がふかさを加えてくる。彼は綿のようにふんわりとうかんでいる雲の翳を眺めながら、病床を訪れる友人たちに向って、彼の夢みていた学校の経営と抱負について語りつづけた。彼の腹案によれば東京専門学校は、あと二年と経たぬうちに「早稲田大学」と改称され、政治科、法科のほかに、商科、文科、理工科を加え、民間の精英をすぐる学問の府として一大殿堂を築きあげる予定であった。

「高田君、――君が本腰を入れてくれるのはこれからだ、どんな些細なことでも必ず坪内と天野と相談してやってくれたまえ」。

高田がだまってうなずくと、小野は長く伸びた頬ひげを撫でながら、ぐったりと寝返りをうった。しかし、彼の声も秋のふかまるにつれて次第にほそくかすれてきた。十二月に入ると医師から絶対安静が言いわたされ、面会は禁止になった。ついにあくる年の一月十一日、朝から曇っていた空が正午すぎから雪になった。その日の夕方、彼は三十五歳を一期として消えるように息をひきとった。

4

小野の死が、残された人たちにあたえた衝撃は大きかった。ある意味で、東京専門学校にとっては致命的といっていいほど深刻なものがあったが、それにも増して大隈の悲嘆は誰れの眼にも痛々しく映った。

「まるで一ぺんに両腕をもがれたようなものだ」。

大隈はげっそりした声で呟いた。

しかし、彼の残した東京専門学校は、その後、数年ならずしてあたらしい実を結んで、明治十九年三月には、経営の主体ともいうべき、高田早苗、天野為之、坪内雄蔵、田原栄、市島謙吉等のあいだに学校を独立の経済に委ねようという議が起って、改進党からもはなれ、大隈総長からの補給も辞して、自立経営によって天下の公器たる実を全うするという案が満場一致で可決された。学生の数はすでに千を超えているし、専任教授の数もふえ、東京専門学校は今や一種独特の学風をもつ、私立大学として押しも押されもしない存在を保っている。

見わたすかぎり縹渺《ひょうびょう》とかすむ田圃と森であった早稲田村は学校が創立されて数年経たぬうちに新市街となり、鶴巻町、山吹町というような町名がつぎつぎとあらわれてきた。特に矢来坂から江戸川に通ずる中間をつらぬいて校門に達する鶴巻町の街路は、政界の長老であり維新の元勲であるよりも以上に、今や在野の大政治家として、国内だけではなく、ようやく世界的存在に化しつつあった大隈の訪問客で連日引きも切らぬというありさまである。彼の身辺は俄《にわ》かに怱忙を極めてきた。

三十にして名を成した彼も、今や五十の坂を越えて、青年期には冷厳苛《いや》しくもせず、果敢な闘士的風格を備えて、才気縦横、ひとたび論敵を前にすれば否が応でも相手の屈服するまで追いつめねば止まなかった男が、鬢髪《びんぱつ》霜を加えるに及んで、言葉にも態度にも一種の社交性にみちた親和力があふれ、それが野党政治家としての彼の輪郭を一層大きくハッキリとうきあがらせた。

今まで、手を代え品を代えて学校の経営を妨害していた政府要路の空気も年とともに一変して、これを積極的に支持しないまでも、従来のように卒業生の就職にまで干

上，草創期の学園風景．下，明治 41 年頃の授業風景．

渉するようなことはなくなっていた。東京専門学校は内容的に言えば政治専門学校であり、学生の気風はほとんど一人残らずといってもいいほど大隈の影響をうけて、第一流の野党政治家たることを志していた。数年間にわたって政府の圧迫が、彼等を官途に就くことを禁じていたことによって新聞記者や弁護士たらんことを望む気風が彼等の前途に決定的な方向をあたえるようになったことは当然の結果であろう。社会の木鐸、無冠の帝王という言葉が流行したのもこの頃で、それ等の卒業生の数が増大するにつれて、政権からはなれた大隈に対する民間の人気はいよいよ抜くべからざるものになってきた。

内閣の首班である伊藤博文が外遊から帰ってきたのは十七年七月、——すなわち、東京専門学校が第一回の卒業生を出した年で、世を挙げて文明開化の欧化思想によって塗りつぶされようとしていた。伊藤は帰朝すると早々、ドイツの例にならって華族制十箇条を定め、維新の改革に功労のあったもの、ならびに廃藩制によって、その地位が宙ぶらりんになっている旧藩主、合せて五百五人を選んで公、侯、伯、子、男の五爵を授け、これにつづいて、翌十八年十二月、今までの太政官職による内閣を一変してあたらしく大臣制度を採用した。

民間の一布衣《ほい》、大隈重信が大隈伯に変ったのはこのときである。第一次新内閣の顔

触れは、総理大臣、伊藤博文。外務大臣、井上馨。内務大臣、山県有朋。大蔵大臣、松方正義。陸軍大臣、大山巌。海軍大臣、西郷従道。司法大臣、山田顕義。文部大臣、森有礼。農商務大臣、谷干城。逓信大臣、榎本武揚。——以上の十人である。

この新内閣が組閣とともに第一に着手した仕事が条約改正問題であったことは、内閣の自発的政策というよりもむしろ民間の輿論に調和しようとする意図に基くものであった。

日本が列国に伍して独立国たるべき実質内容を備えるためには、何を措いても先決問題として安政以来、各国と、そのときどきの偶然に応じて締結した条約を根本的に改正する必要がある。すでに国内革命を終って新発足した日本が、徳川幕府の締結した条約に拘束されて事ごとに外国の制肘を受けるということは国家的形体を保つことを妨げるにひとしい。改正どころか、むしろ進んで破棄せよ、——というような暴論さえ横行しはじめた頃であったから新政府が成立早々、この国家的課題に解答をあたえることが国民に対する義務であるという考え方は、もはや決定的なものになっていた。

安政元年、ペルリとのあいだに締結された神奈川条約十二条をはじめとして、万延から、文久、慶応にかけて、維新前の条約国は、オランダ、ロシヤ、イギリス、ドイツ、フランス、ポルトガル、スエーデン、ベルギィ、イタリア、デンマルクと合せて十一ヶ国に及んでいる。

これ等の条約はことごとく領事裁判権と最恵国約款を認めているので、国内の改革についても日本政府独自の判断をもってすることのできないような煩瑣な手続を労することが多く、その中でも当面の問題として内地雑居、居留地の問題、つづいて裁判権の問題、海関税の問題は焦眉の急に迫られているといっていい。これ等の条約は安政五年から百七十一ヶ月目に改正を得るという但書きがついているので、すでに明治五年から、時の政府は諸外国と折衝をはじめているのであるが、それがために幾度びとなく使臣が派遣されていたにもかかわらず、明治五年には時の外務卿副島種臣が自ら衝にあたって交渉し、治外法権の撤廃を強調して、これに対するフランスの好意的解答につづいて、各国の意見も一致しようとしたところを英国公使の反対によって不成立となり、つづいて十一年、寺島宗則が外務卿の時代には、治外法権と海関税の問題の解決を求むることは困難であることを察して、税権の恢復だけを切りはなして政府的意見を提出したところが、このときも英国公使の反対によって、またしても不成立に終った。

その頃まで、条約改正に無関心であった国内の輿論が汪然として湧きたってきたのは、伊藤内閣が組織され、新外務大臣としての井上が乗りだして来てからである。外遊から帰った伊藤は、問題解決の前提としてヨーロッパの習慣を規準とする国民生活の改革を企てた。一種の新生活運動ともいうべきものであって、先ず衣食住の改良をはじめとして、男女の交際の上にも外国の様式をとり入れ、内地に住む外国人との交歓を目的とする夜会、園遊会を奨励した。鹿鳴館の建築が完成して、日夜、ダンス・パアティが設けられるようになったのもこの頃であるが、内閣閣僚をはじめとして、上層階級の貴顕紳士が日夜、宴会とダンスに耽って政務を等閑に附しているという噂がつたわるにつれて、民間の意見は俄かに険悪な様相を帯びてきた。

開化的風潮に反対する国粋運動が此処に端を発したことはいうまでもない。このような環境の下に井上が、年来の大問題であった条約改正を断行する任を帯びたことはそれ自体、宿命的な不幸というべきであった。急速なる実行と、外国人の感情を和らげることに眼目をおいた井上案が、民間の一角から擡頭してきた憂国志士の眼に軟弱極りなきものとして映ったことは当然である。治外法権についての井上案は五つの項目に岐れていたが、その第一項目の中に、「治外法権は全くこれを撤去せず、先ず変更すべし、而してこれを変更せんには外人をして外国法律とのあいだにおいて二重の身分を有せしむべし。云々」という文句のあることから、これを屈辱的外交として非難する声は猛然として全国から湧き起ってきた。非難は民間だけではなく、閣僚の一人である谷干城が、情実内閣、軽佻外交の非を挙げ政府の反省を促す意見書をたたきつけて大臣の職を去ってから、もはや条約改正反対の火の手は、いかなる力をもってしても防ぐことのできないものに変ってきた。谷の意見は条約改正よりもむしろ、欧化思想による道義の頽敗を招いた責任を政府に問わんとするところに重点が置かれていたが、時の内閣顧問であり、法律取調委員であったフランス人、ポアソナードが、政府の諮詢に答えて提出した意見書は、意外にも剛毅果断をもって鳴る井上の息の根を止めるに足るほど激烈を極めたものであった。「(前略)かくのごとき屈辱的条約はおそらく日本人の甘受することのできないものであろうと思う。もし、この成案がいよいよ締結されたとしたら日本国民中、これに反対するのあまり外国人に暴行を加うるものなしとも限られぬ。仮りにそのような事態を生じた場合、外国政府は当然居留民保護を名として日本の内政に干渉を加うるようになるであろう。改正案は今日なお変更のできないというわけのものではない。政府は再考熟思、反省の上善処されたい、云々」。

5

ポアソナードの意見が、「ロンドン・タイムス」から転載されて、「時事新報」に掲載されると、たちまち国内は煮えかえるような騒ぎになった。その騒ぎは一日一日と強烈の度を加えてくる。

新聞の論調は次第に殺気を帯びてくるし、民間有志によってひらかれる政府反対の演説会は、到るところ聴衆が堂外にあふれた。演壇に立つ弁士の声は痛烈を極め、臨席の警官が幾度となく中止を命じたが、これに応ずるものは一人もなく、武装警官隊が煽動者を拉致しようとすると、怒り狂った群集はどっと警官隊に迫って、これを袋だたきにするという始末である。

全国からあつまる民間の有志は連日会合をひらいて決議を行ったが、そのたびごとに険悪な空気は、いよいよおさえがたいものになってきた。もはや、建白や勧告なぞというなまぬるい手段を云為する時機ではない。群集の一部は早くも暴徒化して、直接行動に出ようとする計画を立てている。日本刀を腰にして総理大臣官邸や外務大臣官邸の前を徘徊する壮士の数は政府の弾圧が加わるにつれて、あとからあとからと数がふえてくる始末で、伊藤、井上をはじめ閣僚たちは自由に外出することもできないような不安におびやかされた。

もはや、政府の威力をもって押しとおすべき時機は過ぎた。このとき、政府は憲法草案起草中の伊東巳代治から、この改正案撤回の勧告をうけたので全閣僚列席の上、伊東の意見を詳細に聴取してから、ついに無期延期が決議され、七月二十九日(二十年)、井上外務大臣の名義をもって、日本政府は各国政府に対し、諸法律編成の完備を期することを先決問題とすべき事情下にあるが故に、条約改正はそれから以後に持ち越す予定である、——という不得要領な通告を発した。

しかし、時機すでにおそしである。政府は条約改正延期によって激昂する民心を抑え得るものと考えていたが、ひとたび火の手をあげた打倒藩閥政府の運動は改正案撤回などによって停止することのできないところまで来てしまっていた。自由党はこの空気を巧みに利用して党勢拡張の運動に転化しようと企て、言論集会の自由、地租税の軽減、外交政策の挽回という三大方針を掲げて国民に呼びかけたが、これに対して改進党は、民論圧迫のための法令禁止、藩閥政府打倒の標識を押し立てて民心の糾合につとめた。この運動の主体となったものは多く両党の中核体ともいうべき青年層であったが、彼等は伊藤内閣の総辞職を要求する意味においては共同戦線を張って各所に聯合演説会をひらいた。これがために警官隊と壮士団との衝突は次第に激化してきた。時の警視総監三島通庸は、ついに最後の腹をきめたらしく、十二月二十六日の午後、急速な措置の下に抜打ち的な保安条例を発布して、在京中の反政府的思想の所有者と目すべき六百人あまりの、論客、文筆業者、新聞雑誌記者を、発令後二十四時間内に皇居から三里以外の距離を保つ地点に退去すべきことを指令した。その犠牲者の中には、星亨、林有造、中島信行、尾崎行雄、中江篤介(兆民)等の名前が挙げられている。

この法令の適用は峻烈を極め、命に応ぜずして姿をくらましたものは禁錮三年の刑に処するということが言いわたされた。この日、三島は全市にわたって彼の管轄下にある巡査の非番召集を行い、忘年会という名目で部下を芝公園にあつめ、酒樽をならべて冷酒を饗応し、彼自らも痛飲した上で、出動を命じた警官隊を激励した。「諸君は威信をもって事を行うことを忘れてはならぬ、もし不逞の徒が命令を拒み、あるいは反抗した場合は一刀の下に斬り捨てても差支えない」。

退去命令をうけた人たちは一言半句の抗弁も釈明もゆるされず、家族と別れを惜しむ余裕もなく、ほとんど着のみ着のままで、何処をあてともなく東京を去っていった。氷雨の降る夜の街には不穏な妖気が漂い、不安と動揺の中に明治二十年の大晦日が近づいてきた。三島通庸の手によって発せられた保安条例は、当然民衆の力によって葬り去らるべき政府の運命を僅かに数ヶ月持ち越したというだけのことで、その意味においては鬼総監の勇断はたしかに効果を奏したと見るべきであろう。しかし、この暴圧がもたらしたものが逆のかたちを示すことぐらいは伊藤博文ともあろう男にわからぬ道理はない。伊藤にしてみれば、このような、だしぬけに生じた最悪の状態の下に彼の内閣を瓦解させたくはなかった。おそらく彼としては三島のような単純にして忠実、――大邸宅の裏口によく「猛犬アリ」と書いてある、その猛犬にもひとしいような男に命じて、伊藤内閣崩壊の危機を間一髪のあいだにのがれ去ったことは、もっとも賢明な方法であったと言えないこともない。

早稲田の新邸に引きこもって、動蕩する時代の動きを、何の作為もなしにじっと冷眼視していた大隈の眼の底には雲行のけわしい晩秋の空の色が急にいきいきとした精彩を帯びて映ってきた。何ものかが自分の出現を待っているという気持がこれほどぴったりと彼の皮膚に泌みとおったことはあるまい。通路を一つへだてて向いあっている東京専門学校の講堂では、弁論部の学生が毎夜のようにあつまって演説の練習をしている。「条約改正是なるか非なるか」――というのが数日間つづいた討論の題目であったが、保安条例の発令を境にして学生たちのかもしだす雰囲気は、次第に国粋論一方に傾こうとする兆候を示してきた。国粋論も欧化論も、しかし大隈重信の大風呂敷の中では無造作にごたごたと、つつみこまれてしまっている。彼はこみあげてくる微笑を臍下丹田にしっかりとおさえつけながら、応接室にあふれた新聞記者や青年論客たちの質問に答えていた。「伊藤も井上も苦しいところにさしかかった。――このような大問題を解決するためには先ず私心を捨てて、大勢の動きを見透すだけの度量がなければならぬ。無力なものが無力にたよろうとすれば、途方もないゴマ化しを行うよりほかに仕方がない。条約改正問題を解決するためには先ず民意を問う必要がある。今日の政府がおかした誤りは対外条約の改正問題にあるのではなく、むしろ、国民を欺いて、抱負もなく識見もない内閣を持続するために、条約改正問題を適当に利用したところにある」。

部屋の中にはストーヴが燃え、言葉がとぎれるごとに武蔵野の高原をわたって吹きつける木枯が、すさまじい唸りを立てて応接室の窓をゆすぶる。一席弁じ終ると大隈は安楽椅子のクッションの中へぐったりと身体を沈めた。

6

その年が暮れて、あくる年の一月、条約改正問題の発生以来、無為にして半年ちかく、民論の反対を押切って存続を保っていた伊藤内閣もついに総辞職を決行すべき時機が近づきつつあった。彼は身を引いて枢密院議長となり、彼と気脈を通じている薩派の黒田清隆を起用して組閣の準備を進めることになった。

一月中旬のある朝。警護の巡査を同乗させた黒塗の馬車が二台、砂塵を捲いて吹きつける風の中を鶴巻町の大通りに高く車輪の音をひびかせながら大隈邸に向って走ってきた。

邸内へ入って、正面玄関の前で馬車をおりたのは意外にも時の総理大臣と、農商務大臣の黒田清隆である。朝が早いので応接間にはまだ一人の訪客もいなかったが、大隈は二人の来訪を知るとすぐ大書院の横にある私室にとおし、綾子夫人に命じて酒肴の用意を整えさせた。

来たるべきものはついに来たのである。大隈はその数日前から伊藤の女婿、末松謙澄を通じて新内閣に外相として入閣することの下交渉をうけていたが、伊藤の計画では彼の内閣を総辞職する前に閣僚一部の改造を行い、時機の来たるを待って黒田に譲ろうというもくろみであった。大隈は民意に順応して自ら責を負うべき伊藤が、たとい一ケ月にしても二ケ月にしても居坐るというのは憲政の常道にはずれているという意見を固執してゆずらなかったが、末松謙澄は伊藤の留任は国内的な意味ではなく、今まで条約改正問題で交渉をつづけてきた諸外国に対して日本政府の面目を保つ必要から、一時伊藤内閣を存続させる形式を残しておいて、いよいよ大隈案の成立した時に黒田にゆずる段どりであり、従って黒田内閣の使命が条約改正問題解決を主眼とするかぎり、大隈なしには絶対に組閣のゆるされぬ性質のものであることを強調した。

「今は上下の意見が期待しているのはあなたのほかにはありません、——黒田伯はもちろん、伊藤も心からあなたに頭を下げてお願いしたい、といっているのです、いろいろ周囲の御事情もあろうと思いますが、国家非常の難局を前にして此際《このさい》私情は一切水に流していただきたい」。

大隈は、これについては、いよいよ出馬するとなったら、一身を犠牲にする覚悟がなければならぬ。唐突のお話に対してこの席ですぐ御返事を申上げるというわけにもゆかぬから改進党の諸君とも協議の上御返事申上げようといって言葉を濁した。しかし、このときすでに彼の腹は決っていた。

その朝、伊藤は彼と顔を見合すと、すぐ右手を差しだした。

「大隈さん、——久しう御無沙汰をいたしましたのう、そう、あれから七年、いや、早いものじゃ」。

横にいた黒田は軽く目礼しただけで物を言わなかったが、席へつくと綾子夫人の注ごうとする酒を片手でおさえながら、大隈の方を向いてにやりと笑った。

「近頃はもうずっと禁酒しとります、せっかくだから白湯でも頂戴しようか」。

「それは珍らしい話じゃ、——急に何か発心でもされましたか?」。

黒田はかすかな苦笑いをうかべた。七年前の彼は豪酒をもって鳴らした男で、飲むにつれて顔の色は蒼白に変り、どろんと眼が坐ってくると参議の列席する前で誰彼という見境いもなく悪罵のかぎりをつくし、感情の激するにまかせて相手に盃をたたきつけたり、暴力をふるって殴りつけることさえ一つの習性のようになっていた。

「ところで、——今度の組閣について、われわれのやってきた理由は、あんたにもわかってもらえるじゃろう」。

伊藤が重々しく口をひらくと、黒田が瞳を凝らして大隈の顔を見つめた。「大隈はん、もう何も言わぬ、おいどんには理窟も何もなか、——何事もよかごと頼む、今度だけは一つ、おいどんを助けてもらいたい」。

硝子戸越しに見える庭園の片隅にはもう早咲きの梅の蕾がふくらみかけている。会見は三十分あまりで終った。玄関で別れようとするとき、黒田は力いっぱい大隈の手をにぎりしめた。

「大隈はん、恩に着ますぞ、おいどんは薩摩武士じゃ、おはんを見殺しにはせん」。

その日の夕方、河野敏謙がやってきて大隈と長いあいだ話しこんでいた。高田と矢野(文雄)がやってきたのはそれから間もなくである。「大隈伯入閣近し」という新聞記事が全国の話題にのぼってきたのは、それから数日経ってからである。この噂がひろがるにつれて、改進党の内部にも賛否両様の意見が対立し、大隈邸は朝から夜にかけて訪客でごった返していたが、東京専門学校の学生たちのあいだにも連日のように議論が沸騰していた。彼等の意見は在野政治家としてすでに世界的人物であるべき大隈が、自ら組閣の大命をうけて立つというならばともかく、今まで口を極めてその非を鳴らしていた伊藤内閣に外務大臣として席を列ぬるがごときは、薩閥政府に屈服するものであるという考え方において一致していた。急進派の代表者は学生会議の決議文を携えて大隈に直諫《ちょっかん》しようとして殺気立っていたが、高田は、大隈の入閣問題はなお未定であり、もし入閣するとしても、国会開設の期日と、開設後は必ず院内多数党の首領をもって組閣の責任者たるべしという条件つきであるという釈明をして、いきりたつ学生たちをおさえた。大隈の入閣説につづいて板垣の入閣説がつたえられたのは、それから半月ほど経ってからであるが、物情騒然として湧き立つ中に、その年の春が過ぎて、四月三十日、伊藤は内閣総理大臣を黒田にゆずって枢密院議長となり、同時に大隈の入閣が正式に公表された。新内閣の顔触れは、外務大臣、大隈重信。海軍大臣、西郷従道。陸軍大臣、大山巌。司法大臣、山田顕義。大蔵大臣兼内務大臣、松方正義。文部大臣、森有礼。逓信大臣、榎本武揚。農商務大臣、井上馨以上の八人であるが、前内閣失政の当面の責任者ともいうべき井上が農商務大臣として居据ったということによって、ひとたび鳴りをしずめていた国内の輿論はふたたび轟々《ごうごう》と湧きあがってきた。

新内閣に対する国民の唯一つの魅力は、七年間、政権から遠ざかっていた大隈が、長い交渉の果てに諸外国から小突き廻され、横紙破りの井上でさえ手に負えなくなって投げだした条約改正案をいかに処理するかというところにある。必ずしも輿論が挙げて自分に味方しているとも考えられぬが、しかし内閣の成敗が自分ひとりの双肩にかかっていることだけはもはや疑うべき余地もない。大隈は満々たる自信をもってこの難事業にとりかかった。

当時の国際情勢からいえば、井上案にしたところで、必ずしも屈辱的な改正ではなく、日本を未開国として成立した従来の条約と対照すれば、むしろ最大限の権利を主張したもので、何人が衝にあたったところで、日本に対する外国の認識が一変しないかぎり、これ以上の要求を貫徹することの困難なことは、あまりにも見え透いている。伊藤が文明開化を標識とする新生活運動を起すことによって外国の歓心を得ようとしたことも条約改正を容易ならしめようとする意図にもとづくものであったが、しかしそのような苦肉の策も、欧化思想を排撃する国粋論者の政府打倒の目標にされたばかりではなく、国会開設を前にひかえて政治運動の好餌となり、事情を知らぬ国民は、唯、国辱外交という言葉に眩惑されて国粋論に共調する結果になったのである。内閣法律顧問ポアソナードの発言がこれを刺戟したこともたしかであるが、事の誤りは各国各様の立場を持っていることに対して井上が聯合談判の形式をとったところにある。

大隈は各国の情勢を仔細に調査した上で個別の交渉を開始することに決定した。そのとき、アメリカには公使として陸奥宗光、ドイツには西園寺公望、英国には岡部長職、フランスには田中不二麿がいたが、彼がもっとも期待したのは陸奥と西園寺の二人である。彼はこの二人に詳細な訓令を発した。各国の熱望して止まぬ内地雑居を許す代りに領事裁判権の撤去を実現することに主眼をおいた改正案である。

改正案の内容は、しばらく極秘に附したままで交渉をつづけていたが、偶々、アメリカとの折衝中、「ロンドン・タイムス」にその内容が発表された。それが国内の新聞によって報道されると、たちまち割れかえるような騒ぎになってきた。

大隈案が井上案よりも進んでいるのは実行的内容を明かにしたのと、井上の欧化主義の逆を行き、一切合財日本中心に処理の方法を考えようとしたところにある。彼は政治が民意と結びつくことなしには成立つものでないことを知っていた。それに尠くとも条約改正問題に関するかぎり、憲政常道論をふりかざして立つ彼の意見が自由党の協調を得ることに充分自信を持っていたからでもある。彼は廟堂にあってもなお自分が野党であることを疑わなかった。前任者、井上の失敗は全ジャーナリズムの反撃をうけて身うごきもできなくなったところにある。然るに大隈はすでに改進党直系の新聞と密接な関聯を保つ上に、当時の進歩的思想をことごとく彼独自の大風呂敷の中へつつみこんでしまっているのだ。況《いわ》んや、内に良妻綾子夫人あって、伊藤、井上のごとく鹿鳴館に長夜の宴を張ったり、新橋柳橋に痴人の夢をむさぼるということもない。彼の盟友である福沢諭吉が、「時事新報」の社説で、「大隈伯を外務大臣として迎えたことは、近来稀に見る政治上の快事にして、われ等はこれをもって官民調和の一端をひらくものであることを信じて疑わぬ」――と、積極的に支援の言葉を述べていることをもってしても輿論の大半がいかに彼の人物と力量に信頼していたかということがわかる。

これに対して、よしんば多少の国粋主義者(今日の右翼)が反対したとしても、自分を支持する輿論が、井上の場合のごとく、単なる欧化主義者として自分を窮地に陥れることは絶対にあるまいと思っていただけに民衆の激昂は彼にとってはまったく寝耳に水であった。

彼の改正案は、表面だけ井上案の補修という形式を整えてはいたが、しかし細部の条項に亙っては、飽くまで日本中心であって、例えば裁判権の問題についても井上案が、「外国に関する訴訟事件を審理するため、日本政府は外国判事三十五名乃至《ないし》四十名と検事十一名とを置くこと」という厖大な数を指定しているのに対して、大隈は、「外国人、被告となりたる訴訟事件を審理するため、日本大審院に外国判事四名を置くこと」とあっさり片づけてしまっているし、法廷の用語は、日本語英語の二種とす、――という井上案に対しても、大隈案は、「法廷の用語は日本語とす。その他一切日本政府の随意たること」と補正している。

しかし、「ロンドン・タイムス」によって発表された改正案の要項中、反対論者の感情をもっとも刺戟したのは内地雑居の問題であって、大隈が双務的な方法をとるために交換的に譲歩した部分だけが異常なセンセイションを起したのである。その第一項に規定された「指定の年月以後、外国人は現行の条約による居留地の区域以外、日本帝国のいずれの地方に於ても自由に旅行し、通商し、又は自由に或る物件を所有することを得べし。但しこの特許の使用によって生じたる事件について外国人は全く日本の司法権を遵奉すべし、」――という言葉に拘泥した過激論者は、いたるところに集会して民衆を煽り、反対の気勢をあげた。それ等の慷慨の士の中に、条約改正案の内容について大隈の計画と彼の真意について正しい認識をもっているものはほとんどいなかった。況《いわ》んや、微妙にして複雑な国際関係なぞは彼等の関知するところではない。日に日に昂まってくる反対の声は、相手が井上とちがい、改進党を背景にして、堂々と対抗しようとする実力をもっているだけに一層、狂熱化してきたのである。

ジャーナリズムもまた、賛成、反対の二派に分れて、それぞれ論陣を張ったが、このときの賛成派は、大隈直営の「報知新聞」をはじめとして、「朝野新聞」、「毎日新聞」、「改進新聞」、「読売新聞」。反対派の急先鋒は、「日本新聞」、「東雲新聞」、「絵入自由新聞」、「東京新報」、等々であったが、反対派の中でも三宅雪嶺、杉浦重剛、陸羯南等の日本主義を標榜する論客のあつまる日本新聞の論調はもっとも激越であった。

しかし、日を経るにつれて、条約改正中止運動は前任者である井上の場合とくらべて一層深刻な様相を呈し、次第に倒閣運動に転回する気配が濃厚になってきた。両派の演説会は毎晩のように開かれるし、これに呼応する朝野の名士の数も増大し、民間有志によって元老院建白が行われたり、閣僚はもとより、閣外にある伊藤博文の身辺にまで不穏な空気が低迷している。全国の有志から黒田総理大臣宛に届いた建白書は六万数千という数に達した。

枢密顧問官であった鳥尾小弥太が、二、三の同僚とともに大隈邸を訪問し、激論数刻の後、席を蹴って去ったという記事が「日日新聞」に発表されたのは、その年の八月十六日である。続いて八月二十日には、明治大帝から宮内大臣、土方久元に命じて、勝麟太郎(安房)に意見書を提出するようにという通達があった。勝は斎戒沐浴して草案を起稿し、大隈条約は金甌無欠の国体を毀損するものであるという意見を詳細に書いて御前に提出した。

閣僚の一人である逓信大臣、後藤象二郎が鳥尾一派の強硬派と結んで条約改正反対を声明したのは同じ月の二十八日である。後藤は組閣後、半歳ほど経ってから入閣し、最初のうちは大隈の改正案に同意する立場をとっていたが、大勢の動きを察して俄かに心境の変化を来したのである。これを端緒として閣僚の態度も急に軟弱化し、大隈を支えるものは首相の黒田を除いては榎本武揚一人だけになってしまった。むしろ、間接に責任の半ばを負担すべき井上さえも反対派に協調する動きを示しかけたほどであるから他は推して知るべしである。元勲内閣と呼ばれた黒田内閣は維新の功臣を網羅していたが、首相の黒田は結局、伊藤の傀儡的役割をつとめるに過ぎず、政権の中心は依然として伊藤にあった。

伊藤も黒田内閣の組閣当初は大隈推薦者であるとともに支持者であり、彼と盟約をとり交わして一蓮托生を誓った間柄であるにもかかわらず、しかし今となると大隈の引責辞職によって激化する民心を抑えるよりほかに手段のないことを自認するにいたった。

それ故、伊藤は黒田を招いてしばしば大隈に対する辞職勧告を迫ったが、政治的系統においては、薩長勢力の重大なる一要素であった黒田は、組閣当時、自ら大隈を訪ねて、多言を弄せず、「大隈はん、何事もよかごと頼みますぞ」といった言葉を弊履のごとく捨て去る男ではなかった。

身に迫る危険を自覚しながら、孤立無援の環境の中にあって、国内の混乱を前に動揺する色もなく、予定の計画どおり、諸外国に対して着々と交渉を進めていた大隈に対して黒田は彼一流の野放図な態度で声援をあたえた。

「大隈はん、わしがおりますぞ、おはんと約束したことは忘れやせん、勇気をもってやりなはれ」。

政策も抱負も、今や内閣の運命さえも黒田にとっては物の数でもない。彼は生れながらにしてそういう男であり、単純直截、唯、大隈に対する然諾をまもることにのみ汲々としていた。しかし、閣僚の多くは彼の先輩であって、黒田ひとりがいかに大隈を支えようとしても、もはや彼の力の及ぶところではない。

民間反対派の中核体ともいうべき、大同協和会、大同倶楽部、保守中正党、日本倶楽部、玄洋社の五団体が蹶起して、全国的な大運動を開始したのは、それからまもなくである。その頃になると、反対派の有志たちにも、大隈の腰の粘りに対しては、尋常一様の方法では解決のつかぬことがハッキリわかってきた。各派の代表者の密議が谷干城の邸宅でひらかれたが、あつまるものは浅野長勲、三浦観樹、杉浦重剛、三宅雪嶺、千頭清臣、頭山満、等々の長老たちである。彼等の意見は最後の手段に訴える一歩手前まで来ていた。黒田と大隈が内閣に地位を保っているかぎり、行くところまでゆくことは、もはや疑う余地もない。これを動かす力が伊藤にないとすれば上奏するほかに道はないのだ。いよいよ、意見が一致すると、その大役を浅野長勲が買って出たが、谷が横合いから口を挟んで自分が参内するといいだした。それを三浦が、いや、おれにまかせろといって谷の言葉をさえぎった。谷と三浦のあいだに二、三回押問答があったが、三浦の意見によると、条約改正反対という内容がわかったら、宮内省で警戒して拝謁の手続をとる筈がない。ところが三浦は現職が学習院長であるから、ほかの理由で拝謁のできる資格を備えている。――そこで、浅野も谷も止むなく三浦にゆずることになって、翌日三浦は単身参内して上奏の役目を果した。

先きに勝安房からの進言もあり、そこへ三浦が上奏したので宮廷内の空気は俄かに緊張してきた。

大隈は、しかし、このような裏面工作の行われていることを夢にも知らなかった。彼は用意周到な態度をもって在外公使に密接な連繋を保ち、最初の順序どおり、各国個別の交渉をつづけていたが、その頃まで渋滞していたアメリカとの折衝は陸奥宗光の努力によって、本国からアメリカ公使館にあてて、日本政府の意見に同意するという通告が入った。それが大隈につたえられたのは八月五日であるが、彼はそのことを黒田に報告しただけで、ほかの閣僚にはひた隠しにかくしていた。ところがこれにつづいて、ドイツもまたベルリンで西園寺公使とのあいだに調印を終え、難物だと思ったロシヤも大隈の改正案に同意の旨をつたえてきた。残るは英国だけで、英国は安政条約の中に規定された最恵国条款を楯にとって容易に承認しようとしなかった。それを手を代え品をかえて、矢継早の訓令を加藤(高明)に向って発しているあいだに国内の形勢は危急を告げてきたのである。

もはや、上下の意見が最後の段階まで来ていることを予感した伊藤は外遊中の内務大臣、山県有朋に電報を打って国内の事情を訴え、すぐさま帰国すべきことを要請した。山県を乗せたアメリカ汽船、オシヤニック号が横浜に入港したのは十月三日の午後である。

7

十月六日の「東京日日新聞」は「山県の帰朝で局面一変か、条約改正問題清算期に入る」と二段にわけ、その横に「政界の風雲漸く急」――と、初号活字三段ぬきの誇大な記事を掲載している。民間の噂は早くも山県内閣の成立をつたえていたが、彼の帰朝とともに、薩長政治家の往来は、俄かに頻繁になってきた。新聞記事が「(前略)一昨日の御陪食には畏《かしこ》きあたりの思召しにて伊藤議長は病を押して参内せられたりと申すが右は山県伯帰朝につき御前にて会食せしめんとの御思召にや如何」と報じているところから察すると、山県は陛下の御前において伊藤から事情を詳しく聴取したものらしい。

山県を加えて閣議が外相官邸でひらかれたのは十月十四日の夜である。その席上で山県は改正案の進行について大隈の説明を求めた。大隈から経過を聴いた上で山県は黒田をかえりみ、冷やかな態度でいった。

「大隈君の立場も諒承したが、国内の動揺に対しては陛下の宸襟を悩ますことひとおりではない、もし、このままに放置しておいたら如何なる事態の発生を見るかもわからぬ、伊藤枢密院議長もそのことを特に憂慮されている様子であるから、此際《このさい》、一時交渉を中止し、内閣の方針を明らかにすることが先決問題であろうと思うが、黒田総理大臣はいかに考えられるか？」。

「いや、そのことは、一切、大隈外務大臣にまかしてごわす、――何一つ文句はござりません」。

「断行か中止か、総理大臣としての御意見は？」。

「断行あるのみでごわす」。

黒田はむっつりおしだまったまま席に就いた。そのあとで後藤象二郎が立ちあがって条理整然たる反対意見を述べた。これに対して大隈の長広舌があり、改正派と中止派とが交るがわる立って激論を闘わしたが、ついに結論を見るに到らず、一旦休息の上、論議をつづけているうちに、いつの間にか夜があけてきた。「東京日日新聞」はその日の閣議の模様を報道した中に次のような言葉を挟んでいる。「上を下への混雑湧くがごとき中に黒田伯のみは断然として毫も動かるるの色はなく、恰《あた》かも不動明王が猛火を背負って泰然自若たるの色あり。大隈伯もまた猛火の中に纏を持ちて四方八方の勢いに当らるるごとき状あるは両伯の勇気のほど驚き入るのほかなし。云々」。

結局九人の閣僚の中で、改正案の賛成者は大隈を除いて、黒田と榎本の二人に過ぎなかった。——大勢はすでに中止に傾いていることは明白であったが、しかし、黒田は内閣総理大臣であり、彼の意見を無視して、多数決による結論に達することはできないので、いよいよ同じ月の十八日、御前会議によって最後の断を下すことになった。

その日の朝、早稲田の大隈邸には夜あけがたから、来訪者があった。門をたたいて面会を強要したが、護衛の警部が出て、二、三回押問答した上で追いかえした。壮士たちは口々に漢詩を声高く朗吟しながら、伯爵邸の石塀づたいに裏道を江戸川の方へ引返していった。

つめたく大気の澄みとおった朝であった。大隈は朝飯がすむと、久しぶりで邸内の雑木林の中の道を歩きながら深呼吸をした。昔ながらの習慣だったが、この一、二ヶ月そんな余裕はなかった。

会議のひらかれるのは午前十時である。

その日、いつになくすがすがしい気持であったのは、天気のいいせいもあったが、しかし大勢の動きはもう大体推量がついていたし、今日の御前会議にしたところで彼に詰腹を切らせようという段どりの下に行われようとしていることは明白であった。力尽きたというかんじではなく、むしろ、最後までやりとおしたという気持が彼の心に英雄的な昂奮を喚るのである。大隈は、もはや身に迫る危険なぞを意に介していなかった。前の晩、彼の手もとへ届けられた黒田の手紙にも黒田らしい人間味があふれていた。彼はフロックコートのポケットの中へ入れてきたその手紙をもう一度とりだして膝の上でひろげてみた。

「――追々、事態の進捗に際し彼是れ喙《くちばし》を入れ、破壊を旨とするがごときは真に国家を憂うるものにあらず、御同様、男子の本分を現わすはこのときにあり、断じてこれを行えば鬼神もこれを避く、勇気満面に有之候」。

くりかえし読み終ってから大隈は下唇を嚙みしめながら黙ってうなずいた。

午前十時きっかりにひらかれた御前会議は病気欠席の通告のあった井上を除く全員が出席して、各自思い思いの意見を述べているうちに、いつのまにか正午になった。小憩の後、会議はふたたびつづけられ、午後三時になると聖上陛下が出御された。するると、黒田が立ちあがって大隈に向い、厳かな態度で、始終の顚末をくわしく述べられたいと言いわたした。大隈は荘重な態度で交渉の経過を述べ、現在の国際関係を順調にみちびくためにはこの改正案を実行にうつすよりほかに最善の方法はあるまい、という意見を強調した。すると、後藤(象二郎)が緊張した面持ちで立ちあがった。彼の意見はこの前の閣議の席で試みた反対論と内容は同じであったが、その日は特にフランス帰りの法学者、光明寺三郎に草稿をつくらせ、それをテーブルの上でくりひろげながら、「八月二日の閣議で決定した外人法官のことは帰化人の意味であることを貴君(大隈を指す)は、殊更諸外国に通告しないのは何がためであるか」と難詰し、更に言葉を転じて、外人に土地の所有権を与える不都合を責め、大隈の改正案は国権を誤るものであると極言した。

後藤が着席するのを待って、すぐ山県が立ちあがった。山県の詰問も相当に辛辣を極めたが、大隈は終始黙々として耳を傾けていた。

彼等がしゃべっているあいだ明治大帝は一言も発せられなかった。四時を過ぎると、黒田がだしぬけに立ちあがって御座所に向い、入御あらせられることをお願いした、御前会議に最後の決定をあたえないで終らせようというのが黒田の腹であったが、大隈の引責辞職と否とにかかわらず、黒田内閣の命運が旦夕に迫っていることは誰れの眼にもハッキリと映っていた。午後四時半、宮廷を退出すると大隈は、ひと先ず霞ケ関の官邸へ帰るつもりで、馬車を走らせて桜田門をぬけ、外務省正門にちかい坂にさしかかった。

濠の水面には夕陽のかげが落ちている。今日の閣議で、さすがに全身に疲労をおぼえた彼はぐったりと馬車の背《うしろ》によりかかり、身体をうごかすはずみで傾きかかったシルクハットに片手をかけたときであった。一人の男が外務省の塀のかげから、ゆっくりと大股に歩いてきた。彼はその頃流行ったボタンの五つついたモーニングに縞ズボンを穿き、大きな蝙蝠傘を大事そうに抱えていた。やっと三十になるかならぬぐらいの年頃であろう。ほそ面の眼に光りのある青年の顔が、夕陽をうけた外務省のナマコ塀を背景にしているだけにくっきりとうかびあがって見えた。

あたりはしいんとして物音一つ聞えなかった。蝙蝠傘を抱えた青年は最初、通路を横断して濠ばたの方へぬけようとしたところへ、だしぬけに大隈の乗っている馬車が走ってきたので、通りすぎるのを待とうとして立ちどまったように見えた。しかし、一瞬間、馬車が外務省の正門につづく坂にさしかかろうとしたとき、矢庭に抱えていた蝙蝠傘を投げすてるが早いか、おそろしい速さで馬車に向って駈けよってきた。

あっという間もなかった。彼は馬車に近づくが早いか、ハンカチーフにつつんだ丸いものを馬車に向って投げつけた。彼は前に片足をつきだし、力いっぱいに投げつけたせいか、勢いあまって馬車をかすめ坂の中途にある外務省の門の石柱にあたって、たちまち大爆音が起ったと見るまに、馬車の周囲は濛々と立ちのぼる白煙にとざされてしまった。その破片が馬車の前の部分にあたったらしく、大地が震動して馬車はそのまま横倒しになったかと思われたが、大隈は、とたんに組み交わしていた両脚に異常なショックをうけ、

「馬鹿!」。

と、大声に呶鳴りつけた。馬丁は肩から背中にかけて裂傷をうけたらしく、血が上衣の破れ目からふきだしていたが、これに屈せず、馬にひと鞭つよくあてて馬車を省内にある官邸の玄関前まで走らせた。一町ほどの距離を保って、二人曳きの俥で大隈の馬車に尾行していた護衛巡査はこの爆音を聴くが早いか俥からとびおりた。大隈の馬車を追いかけようとしたとき、うすれてゆく煙の中から、モーニングに山高帽をかぶった紳士が坂下の石橋の上に立っている姿をみとめたので、すぐ駈け寄っていったが、人品卑しからぬ上に、平然と落ちついている男を見て、これが犯人だとは思わなかったらしい。

巡査は狼狽のあまり、咳き込むような早口で、

「大臣は御無事でしたか?」。

と問いかけた。すると、その男はすぐ、

「御無事でした」。

と言いながら官邸のある坂の方角をゆびさした。

「犯人はどこへ行きました?」。

たたみかけて問いかける巡査の言葉の終るか終らぬうちに、その男は、

「あっちです、――虎ノ門の方角です」。

と、落ちついた声で答えた。巡査は彼を外務省の官吏だと思ったらしい。くるりと向きを変えるが早いか濠に沿った道を一散に駈けだした。石橋の上に立っていた青年は突嗟に上衣のポケットに右手を差し込むが早いか、白鞘の短刀を抜いて一気に頸動脈をふかくつき刺し、橋上にパッタリと倒れた。

官邸の門前に馬車を乗りつけた大隈は右足に痺れるような痛みをかんじた。傷をうけたという意識がないので、すぐさま立ちあがろうとしたが腰をもたげることが出来ず、玄関口からとびだしてきた二人の属官に両肩を支えられて、やっと馬車からおりた。一歩前へ歩きだしたとたんに急に烈しい痛みが全身に沁みひろがってきた。血はあふれるように滴り、馬車のとまっている広場から玄関まで白い砂利の上に血の痕が点々と残っていた。

そのとき、偶然にも三宅坂の方から歩いてきた海軍軍医総監の高木兼寛が徒歩で桜

田門の前を通りかかり、石橋の前に倒れている男を見て、容易ならぬ事態を察したらしい。彼は三宅坂を下りきったところで、たしかに異様な爆音を聴いた。もしやと思って外相官邸の前までくると、壊れかかった馬車が横づけになっている上に白砂を染めている血痕を見て、たしかにやられたのは大隈だと直感した。

時を移さず高木が駈けつけたことによってすぐさま応急手当を施すことができた。そのとき大隈は両足をだらと前になげだしたまま、属官に運ばせたウイスキーをコップのまま呷りつづけていたが、高木を見ると、

「よう」。

と、片手をあげ、低い声で呼びかけた。「足よりも顔をやられたようだ」。

高木が顔をしらべてみると、火の粉を浴びたところだけが黒くなっていた。それも左の眼の下と頬骨のへんに、地ぶくれのしたような痕を残してはいるが、しかし火傷というほどのことでもなかった。彼はすぐ鋏でズボンを切り、傷口をしらべてみると、傷はくるぶしと下腿にあって、くるぶしの傷は腿の傷よりもふかく、骨が砕け肉が爛れて血があふれるように噴きだしている。外皮が紫色になっているところから察すると爆弾の破片が肉の中に喰い入っているらしい。その頃から大隈の顔は蒼白となり、しきりに苦痛を訴えるので、高木は足の上の部分を氷で冷やし、モルヒネの皮下注射

をして、一時的な処置をした上で、大学病院からベルツ教授と佐藤進医師を呼び、急を聴いて宮廷から派遣された三人の侍医と相談の上、このまま片足を切断することに一決した。傷口は繃帯で巻いてあったが、血はソファーの下にある絨氈の上に止め度もなく滴り落ちていた。そこへ、大隈夫人が矢野文雄とともに駈けつけてきた。そのあとから高田、天野の二人がやってきた。官邸の内部はたちまちごったがえすような騒ぎになったが、出血がどうしてもとまらぬので、テーブルをつなぎ合して臨時の手術台をつくり、切開の準備を整えていた医師たちも、互いに顔を見合せたまま躊躇しているのを暗黙のうちに察したらしく、大隈は、

「愚図愚図するな、早く切れ！」

と大声で叫んだ。十月二十日の「時事新報」はこのときの手術の模様を次のような言葉で報道している。「手術は佐藤国手これにあたり、高木総監これを助けたり。佐藤国手の外科施術に巧みなるは世人の普知するところなるが、この日は特に意をこめて先ず外皮を割き、肉を切り、骨は鋸をもって引切り、大小の血脈を一々その管にて締め、石炭酸をもってその裁断口を灌漑し、外皮をもってこれを包むや、護謨《ゴム》管を透して薬剤注入の用意をなし、全くその手術を終りたるは八時半なりし。その裁断は膝上およそ二寸七、八分にして、大腿骨《だいたいこつ》およそ三分の一より下にありしと」。

新聞記事の書き方から察しても、明治以来、未曾有の大手術であったことが理解される。切断後、切口の痛みが烈しいために大隈はひと晩じゅう睡眠をとることができず、絶えず、眼を開いては「ウイスキーを持って来い」と叫びつづけていたが、あくる日の明け方ちかくなってから、やっとうとうとと眠りはじめた。

8

爆弾を投げた青年が玄洋社員で、福岡から藩閥政府倒壊の志を抱いて上京してきた来島恒喜《くるしまつねき》であることはすぐにわかった。彼には煽動者もなければ連類者もなく、遺書らしいものさえも懐《ふとこ》ろに忍ばせてはいなかった。

しかし、この凶変によって、条約改正問題はまったく立ち消えとなり、二年間に及んだ大隈の努力も水泡に帰した。大隈の傷が完全に快癒したのはあくる年の春であったが、黒田内閣の総辞職とともに閑地についた彼は、毎朝、松葉杖をつきながら郊外の道をゆるやかな足どりで歩いていた。五月のはじめ、学生と教授たちの発起で彼の慰労会が、東京専門学校の講堂で催されたとき、彼は邸宅から運ばせてきた安楽椅子によりかかり、始終微笑を口に湛えながら、そのときの思い出を、ゆるやかな例の口調で語りつづけた。「吾輩に爆弾を投げた来島も、愛すべきやつじゃった。彼は吾輩の倒れるのを見て目的を達したと思ったらしい。哀れなやつじゃ。しかし、吾輩は彼を愛する。彼は爆弾を投げると同時に短刀をぬいて自刃した。来島の最後は赤穂浪士の最後よりもすぐれている。えらい。たしかにえらい。彼は人を殺して自分だけが生きようなぞというケチな料簡は持っていなかった。赤穂浪士は不倶戴天の仇である吉良上野の首級を挙げるとすぐに何故吉良邸で割腹しなかったか。その動機においては赤穂浪士と来島とは天地霄壌《しょうじょう》の相違があるが、その結果においては来島の方が天晴れである。大久保を殪した島田一郎のごときは非凡な豪傑だったそうであるが、現場では腹を切らないで縲絏《るいせつ》の恥かしめをうけ刑場の露と消えたのは見苦しき最後である。そこへくると来島というやつは実に眼先きの見えた悧巧なやつじゃった。吾輩を傷けるために、わざわざ外務省門外の狭いところを選んだごときは馬鹿では到底出来る芸当ではない」。

大隈は、彼のすぐ左側に席を占めていた坪内逍遥をふりかえって、

「のう、坪内君」。

と、だしぬけに呼びかけた。「君は小説家だからよく覚えておく方がいい。ああいう狭い道を通るときには厭でも馬車を徐行させなけりゃならんからな、——あそこに

眼をつけたところがなかなかいい。吾輩はあいつのために片足を奪われたが、東京専門学校のあるかぎり、吾輩の足のかけ代えは何本でもある。しかし、なかなか可愛いところのあるおもしろいやつじゃった」。

国会開設を前にひかえて彼はもう条約改正問題なぞはケロリと忘れたように、ハ、ハ、ハ、ハ、――と高らかな調子で笑いながら窓の外に眼をうつした。青葉をわたる風のさわやかな午後であった。

学校騒動

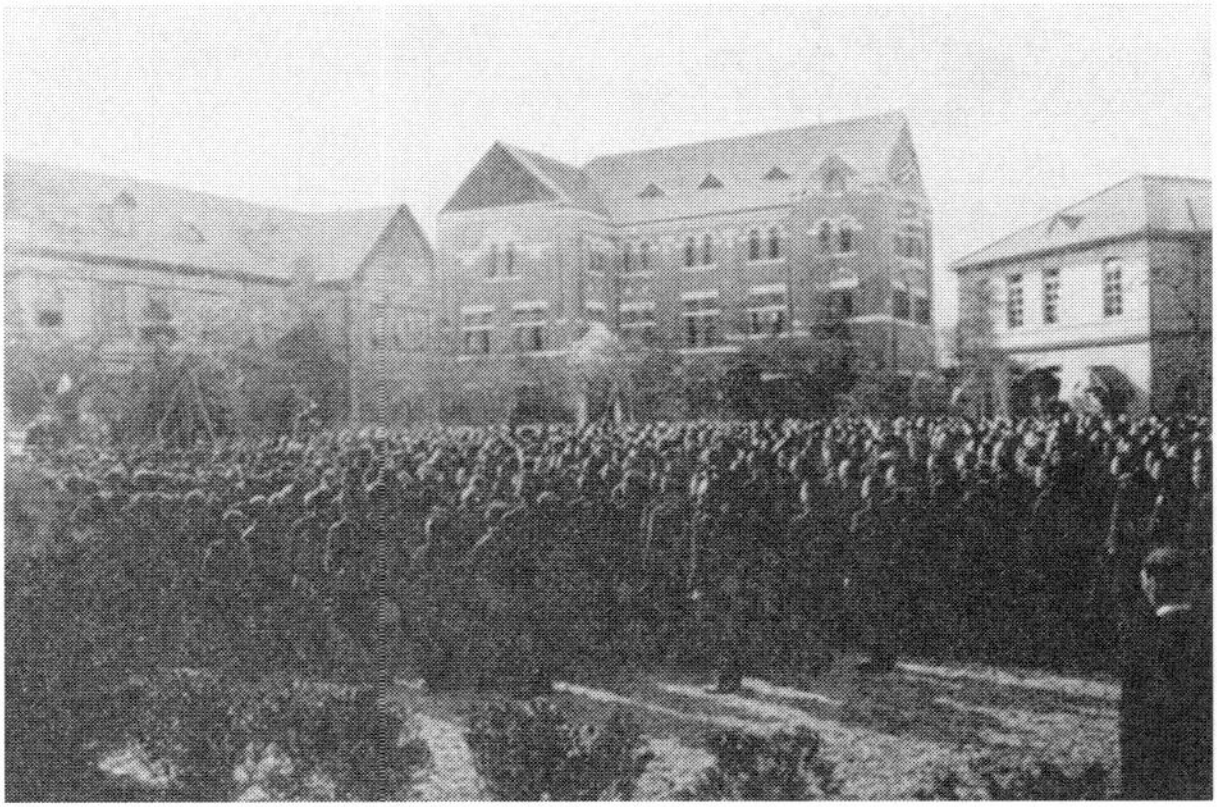

大正時代，校歌を合唱する学生たち．

1

その年(大正六年)、二十歳になったばかりの西方現助は、ある日の午後、寄宿舎の門を出て鶴巻町の大通りへぬけようとする曲り角で彼の先輩である東山松次郎に会った。東山は浴衣を着て両袖を肩にたくしあげている。彼は苦学力行の士であった。政治科在学中から「青年雄弁」という雑誌を経営し、自分でその社長になっている。小柄でいつも色艶のいい頬をしていた。——精悍で、キビキビしているだけに、素ばしっこく、ぬけ目のないかんじが一挙一動の中にくっきりとうかびあがっているのである。どの大学や専門学校でも雄弁会全盛の時代なので、彼がその頃売れだしたばかりの「野間清治」の向うをはって、「青年雄弁」の発行を企てたことはたしかに着眼の妙を得たものであった。西方現助は予科生の頃に、東山の雑誌の編輯長で、「早稲田大学雄弁会」に羽振りを利かせていた木尾鉄之助にたのまれて、「青年雄弁」の臨時記者になり、その頃、新帰朝者として英文科の教授になったばかりの坪内士行の演劇論に関する談話筆記をやったことがある。もちろん、報酬なぞを意識においてやった仕事ではない。むしろ、そういう仕事に関与しているというだけで彼は内心得意でもあれば、そのとき自分を推挙してくれた木尾に対して尠なからず感謝もしていた。

それから、もう一年が経っている。現在の西方は堺枯川の経営する、売文社に出入して、ひとかどの革命家を気どっていた。もはや「青年雄弁」などを眼中に置いてはいない。天皇の行幸される日とか、何か政治的事件の起りそうなときには必ず朝から西方に尾行(巡査)がついている。幸徳事件以来、そういう習慣が不文律のようになって、ずるずるとつづいているらしい。その頃、堺枯川を中心とする幾つかの学生グループがあって、帝大(現在の東大)からは、学校内に新人会という組織をつくっている宮崎竜介、赤松克麿、三輪寿壮、新明正道等の学生が堺の家に出入りをしていたし、明治大学からは佐々木味津三、村瀬武比古等が別のグループをつくってちかづいていた。その中で、売文社系統の実際運動に直接関与しているのは早稲田大学に籍をおいている西方現助と青木公平だけである。その証拠にはこの二人には必ず尾行がつき、時によっては、尾行も一人だけではなく、学校の表門と裏門に立って授業が終って出てくるのを待っていることもあった。

東山はその年の三月、学校を卒業して、「青年雄弁」に専らになっていたが、西方の姿をみとめると、

「ああ、君」。

と、親しそうな声をかけながらちかづいてきた。

「重大な問題が起っているんだ、これだけは是非とも君たちに相談しなきゃならんと思っているんだが」。

彼は四つ角にある病院から二、三軒先きにあるミルクホールをゆびさした。それから先きに立って歩きだした。その頃、カフェーというものはなく、学校の周囲にも二、三軒の「西洋料理屋」があるだけであった。学生たちのあつまる場所といえばミルクホールのほかにはなかった。東山は氷の入ったミルクを注文し、誰れもいないテーブルの片隅に腰をおろすと、彼の特徴である滑らかな演説口調で、その重大問題について語りだした。

彼のはなしによると、現在の学長である天野為之博士の任期がまだ終っていないにもかかわらず、学校の内部には早くも前学長である高田早苗博士をかつぎあげようという陰謀が企てられているというのである。

「高田博士は君も知っているとおり、大隈内閣の成立と同時に学長の職をなげうって文部大臣として入閣した人だ。その高田博士が、こんど大隈内閣が総辞職したからといって、ふたたび学長の椅子に就こうなぞというのはもってのほかですよ、――われわれは、もちろん天野博士に対して何の恩怨もないが、学問の自由と独立のために、権勢を笠に着て乗り出そうとする高田博士反対の運動に参加すべき義務があると思う、学校は大隈老侯の私物ではない、全学生のものです、これをほったらかしておいたら学校はたちまち政争の道具になってしまうことは火を睹るよりも明白である、――君、立ってくれたまえ、天野博士のために」。

彼の顔は興奮のために汗ばんでいる。それがために一層若々しく見えた。

「そうですか、そいつは容易ならんことですね」。

立ってくれたまえ、と言われただけで西方現助の心にはすでに立ちあがる決心がついていた。

「個人の問題はともかくとして、これはわれわれが解決すべき社会問題です」。

西方はひと息にしゃべってから、つめたいミルクをぐっと飲みほした。

「そうだよ、君――まさしく社会問題だ、いや、西方君、どうもありがとう、君が動いてくれれば政治科の大勢はきっと動く」。

東山は前かがみになって西方の手をにぎりしめた。「じゃあ、君は、今夜五時半から矢来倶楽部で有志の会合をひらくことになっているから必ず出席してくれたまえ、もし君の知人がいたら何人来たってかまわないからね」。

陽ざかりの街へ出ると、東山は、「じゃあ、五時半」――と、くりかえしていった。そのままくるりと向きを変え、反対側の小路の方へせかせかとした足どりで帰っていった。

寄宿舎にかえると、西方はすぐ自分の部屋へ入って荷物の整理をはじめた。暑中休暇で寄宿生の大半は郷里へ帰っていたので、残っている学生は彼のほかに二、三人しかいなかった。賄方も昨日かぎりでいなくなった。寄宿舎は事務員二人を留守番に残し今日いっぱいで閉鎖することになっている。西方が、その夏の帰郷を中止したのは、あたらしく売文社内に設けられた講習会の聴講生になるためだったが、彼はその数日前に下戸塚の、戸山ケ原にちかい街はずれに素人下宿の二階を借りて、そこへ移ることにきめていた。荷物といっても蒲団と本箱と机があるだけである。本は大部分質屋に入っているし、人力一台あればいつでも運んでゆくことができる。西方は事務員にたのんで、荷物を玄関まで運びだした。俥賃を倹約するために事務員と二人で、下戸塚の下宿へ荷物をかつぎこみ、そのまま、もう一度寄宿舎へひっかえしてくると、門の前にある、がらんとした大弓場から青木公平が出てきた。

彼は西方の顔を見るが早いか、ふところの中から一枚の夕刊新聞をとりだした。

「おい、見たかい、――ロシヤでは、とうとうはじまったぞ」。

門の前に太い榎の老木が二本ならんでいる。西方は木かげになった幹によりそいながら青木のわたした新聞をひろげてみた。ロシヤに革命が起って、あたらしく、ケレンスキー内閣の成立したことを仰々しい見出しで書きたてている。上段には、ほそおもての、角刈りみたいな頭をしたケレンスキーの顔が、輝くばかりの精彩にみちてうかんでいた。まだ三十を過ぎて間もないらしい。この青年革命家の風貌には見るからに貴公子というべき純粋なかんじがある。それは闘志を忍ばせた美しい眼が、どことなく弱々しい表情とぴったり調和して、智的な、逞しさが西方の胸に犇々《ほんほん》と迫るようである。

「今夜、堺の家で新人会の連中と顔合せの会をやることになっているんだ、――それで、さっきから大弓場で待っていたんだが、今夜はきっとおもしろいぞ」。

「そうかい」。

西方は、うなずきながら青木の顔を見あげた。眼鏡をかけた青木は、若いくせに、脳天までつるつるに禿げた頭ににじむ汗を絶えず手拭でふいていた。

「ところが、こっちにも大事件が起ったんだ、さっき、そこで東山君に会って聴いたんだが」。

手短かに天野学長排斥の陰謀について話したが、青木は一向気乗りがしないらしく、

「そいつは君、——どっちがどうとも言えないね、僕はむしろ人間的には高田の方が好きだよ」。

「いや、好き嫌いの問題じゃない、こういう動きの中にも革命の縮図があるよ、堺のところは少しぐらいおくれたっていいんだから、君も五時半までに矢来倶楽部へやって来いよ」。

青木は、東山の策謀に乗ることは危険だということを、くりかえし、しゃべっているうちに、やっと彼自身の落ちつき場所をさぐりあてたらしい。

「じゃあ、おれは今から家へかえって電話で堺に連絡しておくからな、——少しぐらい、おくれたって必ず行くよ、僕等は僕等で、学生としての意見をまとめておく必要がある、それがために一応彼等のいうところを聞くという意味においてだ」。

西方も青木も、天野博士にも高田博士にも会ったことは一度もなかった。だから彼等が学校の内情について知る筈はなかった。西方は大隈内閣の倒壊についても、司法大臣である尾崎行雄が、閣僚の一人である大浦兼武の瀆職行為に対して断乎として司法権の独立を押しとおしたということに多少の魅力をかんじているだけである。時間はまだ、やっと四時を少し過ぎたばかりだった。青木とわかれると西方はすぐ鶴巻町に住んでいる同級生の新藤喬を訪ねた。新藤の家は岡山在の名門であるが、長男の彼が早稲田に入学するとともに一家を挙げて引っ越してきて、今は鶴巻町の通りで洋服屋をやっている。両親とも人ずれのしない、育ちのよさをむきだしにした素人っぽいかんじが店頭に坐っていても何となく商売とぴったりしないものがあった。洋服屋といったところで自分で裁断したり、仕立てたりするわけではない。職人を傭ったり、仕事をほかへ廻したりしているので、店の経営は順調にはいっていなかった。

それに新藤の友人たちが、つぎつぎと洋服をつくり、完全に支払うものがないので父親は相当に困っていた模様である。西方もその一人で、彼は一年前に月賦でつくった背広の代金をまだ半分以上残していた。

学生のいなくなった鶴巻町の午後はしいんとして、人通りもほとんど途絶えている。西方が入ってゆくと、新藤洋服店の中はがらんとして誰れもいなかった。しかし、二、三度声をかけると、階段をバタバタと駈けおりてくる足音が聞え、今まで二階で昼寝をしていたらしい新藤が、うすよごれた浴衣の前をかき合せながらおりてきた。

「今日は、ちょっと相談があって来たんだが」。

西方が店先きに腰をかけようとすると、新藤は、

「まア、あがりんされ、ええがな、ええがな」。

といいながら、無理矢理に彼を二階へ押しあげてしまった。

猫背で、ずんぐりとふとっている新藤は政治科一年の教室の中でも一種の老成した学生として風格を備えている。同じクラスの中には、田舎で長いあいだ新聞記者をしたものもあれば、小学校の教員をしたり、小さな会社を経営しているものもあって、三十をすぎた彼等は県会議員や市会議員の選挙運動に参加した経験をもっているので、みんな教室の中では、ひとかどの政客を気どっていたが、そういう、ぴったり板についた田舎政治家のあいだに伍しても、新藤だけは、中学からすぐ入って来た学生とは思われないほど挙措動作に、押しも押されもしない世馴れた落ちつきがあった。もちろん、それは彼が体験から得たものではなく、生れながらに彼の身についているものである。

「さっき、東山君に会って聴いたんだが」。

と西方が切りだした。二階は天井が低く、表通りに面した窓にほそい格子がはまっているので風通しがわるく、その上、部屋の中には洋服の切れ地や古雑誌が雑然と散らかったままになっているので、向いあってしゃべっているだけですぐ息苦しくなってくる。天野博士擁立の問題で、今日五時半に矢来倶楽部に会合があるからいっしょにゆかないかという話をすると、新藤は、万事わかったというかんじで何べんとなく大きくうなずきながら、

「なるほど、高田は悧巧だけんのぅ」。露わに出した毛のふかい向う脛をごしごし、こすりながらいった。「それに君、大隈だって高田の方が可愛いいにきまっとる、──そりゃ、天野は気の毒じゃ」。

「だから、僕等は天野の立場に同情するとともに、学制改革の運動を起すべきだと思うんだ、学校は個人の私有じゃないんだからな」。

「そりゃそのとおりじゃが、今日の会合は天野派じゃろが？」。

「そうだよ」。

「弱ったね、僕は」。

新藤は、格別当惑している様子でもなく、急にはずみのついた声で笑いながら、

「僕は君と行を共にしようと思うとるが、僕が天野派の運動しよるときいたら高田のやつ、きっと怒るじゃろうな」。

「君は高田博士を知っているのかい？」。

「いや、知らん、──知らんいうたら両方とも知らんが、まア、ええ、ええ、ひとつ天野のためにひと肌ぬごう」。

彼は教室の中で、仲間同志があつまるときに、いつもやる老政客を気どるときと同じ態度で、

「じゃがなア」。

と、ひとりでうなずいてみせた。「誰れも学生は学校におりゃせんものなア、こいつはうっかりするとやられるぞ、東山のひとり舞台になると話がややこしくなる」。

「しかし、革命の縮図を示すことは出来るよ、——学生の行動は純粋無垢だ、おれたちは天野派でもなけりゃ高田派でもないんだからな」。

「そういえば、君、——ロシヤでは革命をやりおったな、やっぱり能力のあるやつはどこからか出て来よる、とにかく、そういう時勢になってきたんじゃ」。

新藤喬は、自然に煽られる空気の中で、何の不安もなくどっかりと胡坐をかいた。

「東山だって今に何をやりだすかわかりゃせん、やるなというたところで、これだけは仕様がないしのう」。

彼にとって、革命という言葉は、たしかにどこかにあるにはちがいないが、それは自分たちとは縁もゆかりもないような遠いところにあるもので、よしんば眼の前で何事かが起ったとしても、こいつは政治とは別問題である。いってみれば革命はいつでも花火のように打ちあげられ、あっと見とれる間に消えてしまうものなのである。例えば、学長の更迭問題で、ひと騒ぎ起ろうとするときに、「革命の縮図」なぞという言葉をひけらかしていい気になっている西方現助なぞは、格からいって元老院議員ともいうべき新藤からみれば、これはまったく子供の寝言みたいなものである。

「こりゃ、むろん、恩賜館組もうごくぞ、彼等にとっちゃ絶好の機会だからな」。

新藤の声は自信にみちみちている。恩賜館組というのはその頃、木造建築で埋まっている校舎の中で、たった一つ恩賜金を基本にして建築された煉瓦づくりの建物で、その五階の一室を倶楽部のようにしてあつまっていた若い教授の一団をさすのであるが、その中で学生のあいだに、もっとも人気のあったのは政治哲学を担当していた大山郁夫だった。

新藤は二タ月前、学校の内部に銅像問題が起ったときにも恩賜館組の教授を歴訪して学生の立場を了解してもらったことがある。銅像問題は、当時の学校当局が大隈侯爵夫人の銅像を中央校庭の隅にある大隈総長の銅像とならべて建てようとする計画を事前に知った学生が騒ぎだした運動であるが、その計画は最初から若い教授と、一部の学生のあいだから起る反対を予想して、内密のあいだに工事が進められていた。そのキッカケをつくったのは西方たちのいる政治科のYクラスであるが、最初、大田茂という、一見して右翼の壮士を思わせる、でっぷりと肥った学生が、一人で各科の教室を説いてまわった。その鈍重で一風変った動作のために大田には半ば軽蔑の意味をふくんで「西郷どん」というあだ名がついていたが、彼は外部の校友から使嗾されたらしく、ちょうど授業の終った頃を見はからって教壇にのぼると、持ち前の咄々とした調子で、首尾一貫しない演説をはじめた。それをみんな面白半分にきいているうちに、こんどは学生のあいだに、いつのまにか銅像設立反対と賛成の両派ができてしまった。何か機会さえあれば騒ぎたてようというすきをねらっていた彼等にとっては思いがけない好餌であった。そのときは西方も新藤も、どっちに賛成したわけでもなく、唯、恩賜館組がこの運動とは別に「学制改革」の運動を起そうとしていることを探知したので、あれに近づこうという計画を立てただけのことである。

しかし、威勢のいいのは、もちろん反対論者の方で、彼等の意見を綜合するとこういうことになる。われわれは学校の創設者である大隈老侯の銅像を日夜校庭に仰ぐことを誇とするものであるが、しかし、侯爵夫人と学校と何の関係があるか。彼女は昔、どこかの芸妓であって、それが、何かの機《はず》みで大隈重信夫人になっただけのことではないか。僅かに侯爵夫人であるというだけの理由で彼女の銅像を校庭に仰ぎみるのは自由と独立とを標榜するわれ等の恥辱である。もし、どうしても夫人の銅像が建てたいというなら大隈侯爵邸に建てるべきである。

名物男の大田は故意にか偶然にか咄々として語る舌足らずの言葉のために、声涙ともに下るといってもいいような感動的な印象をあたえてしまった。言葉が行きつまると彼は必ずくるりとうしろを向いて黒板の上へチョークで大きく「小野梓」と書いた。「もし、強いて校庭に銅像を建てようとするならば学校を今日あらしむるために血を吐いて倒れた小野梓の銅像こそ建てるべきではないか！」。

これは大田の発言ではない。銅像反対派の学生が一つおぼえのようにくりかえす文句である。

こういう空気が混沌として湧きあがってきたとき、ちょうど学期試験がはじまり、それと同時に、学内の形勢を看取した学校当局が銅像設立の工事を俄かに中止したので、銅像問題はうやむやのうちに葬られてしまった。しかし、西方が新藤と親しくなったのは、この銅像問題のときに行を共にしたということだけではなく、この老政客を気どる風変りな青年は、学校の行事になっている全校をすぐる大弁論大会で、政治科から代表者を選出するために、四、五人の候補者が立候補したとき、彼もまた有力な候補者であったにもかかわらず、途中から立候補を断念して、どうか諸君、私への投票は西方現助君にゆずっていただきたい、私は感ずるところあって辞退します――と、彼独特の落ちつきはらった態度で意外な言明をやりだした。おそらく、そういう心のゆとりを示してみたかったのであろう。それがために西方への投票がふえる筈もなかったが、しかし、校外で、ませた大人のやることを何のいや味もなく平然としてやってのけたことによって新藤の人気が倍加したことだけは確かである。

新藤と話をしているうちに、鶴巻町の往来は夕涼みの人たちで急に賑やかになってきたので、西方は今度引越した素人下宿を彼に教えておくために外へ出た。学生のいなくなった学生街というものには一種異様な空気が漂っているもので、両側にならんでいる古本屋や理髪店の前には同じような縁台がおかれ、平素はほとんど顔を見せたこともないような若い衆や娘たちが、のうのうとした気持ではしゃぎまわっている。

彼等は国民亭という洋食屋でライスカレーを喰べると、下戸塚から馬場下へぬけ、それから二人で肩をならべて矢来倶楽部のある暗い坂をのぼっていった。

2

玄関をはいると、二十畳ぐらいの広さの広間がすぐ真正面に見えた。六時に近かったが参会者は十二、三人しかいなかった。あつまっているのは、ほとんど一人残らず上級生の大人ばかりである。

やっと、数がふえて二十人あまりになったとき東山松次郎が立って、キビキビした調子で学校当局の横暴について語り、今こそ全学生は天野学長のために奮起すべきであるといって、感動的なゼスチュアをまじえながら、ぐいぐいと畳みかけてくるような熱弁をふるったが、聴衆の数がすくない上に、あつまっている連中は、ほとんど顔見知りのひとくせある学生政客ばかりで、東山が降壇すると、みんな挨拶のような拍手を送っていた。しかし東山の持っている情報も漠然とした輪郭を示す程度のもので、学校内部で、だれがどのような陰謀を行っているのかまるで見当もつかなかった。

そこへ、雄弁会の先輩である、杉ケ枝高二、保谷仁太郎、越永安平等の、実際政治運動に体験のある連中がどやどやと入ってきた。その晩、神楽坂上にある寄席、神楽坂倶楽部で選挙権拡張についての政談演説会があり、弁士として出場した彼等は、途中で一杯やってきたらしく、一人一人演壇に立っては校内の情弊を打破し、早稲田をして真に自由と独立の学府たらしめよ、というようなことを滔々とやりだした。彼等にとっては高田や天野の問題よりも、むしろ今夜彼等が神楽坂倶楽部で行った普通選挙断行論の方が、はるかに切実な問題であった。それに、ケレンスキー内閣の成立は極度に彼等の感情を刺戟していたので、議論はいつのまにか学長問題をとび越えて、学校内部の民主的改造論にまで飛躍していた。

「われすでにルビコンをわたる、何ぞ学長問題をや」。

年齢はすでに三十を過ぎ、在学十年と伝えられている杉ケ枝高二は紅潮を呈した童顔を輝やかしながら、ドカンとテーブルをたたいた。新藤と郷国を同じくしていた彼は、おそろしく身軽な男で、学資がなくなると一年ちかく休学して郷里の新聞社で働き、貯金がたまるとすぐ上京して学業をつづけるというような生活を何べんとなく繰返えしている。ちょうど、大隈内閣のあとをうけた寺内内閣の下で総選挙が行われたばかりのその年は彼にとっては書き入れどきだった。国民党の応援弁士として全国を駈けずりまわってきた杉ケ枝は、あと一年で卒業できるだけの余裕を充分残していた。

最初は思いがけない闖入者のために天野学長擁立のための相談会はうやむやのうちに葬られそうな形勢だったが、東山はこの機会を見逃さなかった。彼は弁論の練習会がひとわたり終った頃に昂然として立ちあがった。「諸君、学校の民主化を徹底することは天野学長の理想でもあれば抱負でもある、——どうか内外一致してわれわれの念願を達することに全力をつくしていただきたい」。

賛成、賛成、——という叫び声が会場の隅々から起った。

そこへ、頭を坊主刈りにした、丸顔の、端正なかんじのする四十前後の紳士と、同じ年恰好ではあるが丈の高い、でっぷりとふとった、一見して運動家というタイプの男が入ってきた。東山はすぐ二人を会衆に紹介した。坊主刈にした紳士は東洋経済新報の理事をしている岩橋勘山で、もう一人は天野学長の秘書である加藤清だった。

上，大隈重信(初代総長)．下左より高田早苗(初代学長)，
天野為之(第２代学長)．

「ちょうどよかった、諸君一切の事情は岩橋君がもっともよく御存じだろうと思うから詳細に聴いて下さい」。

東山が、そういって二人を演壇の前へ押し出そうとすると、岩橋は屈託のない微笑をうかべながら、

「いや、坐った方がいい、その方が話もとおるし、何も演説をするために来たんじゃないからね」。

澄んだ声で、こちんとした態度が、ざわざわとうごきだしたこの場の雰囲気に何となくそぐわないかんじだったが、彼はそんなことには無頓着で、まん中の空席へ腰をおろした。

「実に不愉快な報告をしなければならなくなったことを残念に思うんですが」。

彼は終始飾り気のない柔らかな調子ではなしだした。「僕も出来るかぎり円満に解決しようとして努力したつもりですが、今となってはもう万事休すというところですな」。

「ちょっと伺いますが」。

と西方と青木と二人ならんでいる学生席の、いちばんうしろの席にいた新藤が中腰になって顔を前へつきだした。

「われわれは、いわゆる、天野派ちうわけなんですが、これに対抗する高田派ちうものが学校の内部にあるんですか？」。

「ありますとも」。

岩橋は、膝を大きくゆりうごかしながらいった。

「天野派が高田派を排斥するんじゃなくて、高田派が徒党を組んで天野博士の排撃を企てたことが原因なんです」。

「すると、大隈総長もそのことを御存じですか？」。

「もちろんです」。

彼は、周囲にあつまっている参会者の顔をじろっと眺めて、

「僕は諸君に天野派になってくれというために来たんじゃないですよ、事実をありのままにおはなししますから、これに対する判断は諸君の御自由にまかせて下さい」。

そういってから横にいる加藤の顔へ視線をうつした。

「あれはいつだったかね、先月の十九日か、二十日か――君がはじめてやってきたのは？」。

「十九日」。

と、加藤が重々しい調子で答えた。

「そうです、とにかく順序として最初から話しましょう、ここにいられる秘書の加藤君が社の方へ僕に何かたのみたいことがあるといって訪ねて来られた、それが十九日なんです、そのときの加藤君のはなしによるとこの八月に天野学長の任期が切れることになっている、ところが、それと同時に、もう一度高田博士を学長に復活させるという計画が内々のうちに進んでいることがわかった、当の天野博士にとってはそんなことは寝耳に水なんだから、これは明かに陰謀である」。

「そうだよ、まったくひどい、こっちは下相談一つうけていないんだからね」。

加藤が小刻みに同意を求めるような仕草で下腭にぐっと力を入れるのを、岩橋は片手で制止しながらいった。「とにかく、まア、一種の陰謀というわけですね、それで加藤君のさぐりだしたところによると、坪内、市島、浮田三長老が、二十一日の午前に主だった教授をあつめ、午後には在京中の評議員を招集して、抜打的に話をまとめる手筈になっているから何とかこいつを阻止するために尽力してもらいたいというはなしなんです、ところで率直にいうと、僕は天野博士に関係のふかい東洋経済に勤めてはいるものの、在学中には一ぺんも会ったこともないし、唯、社の恩人として正月の年賀に行ったことがある程度で、天野さんが学長として果して適任であるかどうかなんてことはよくわからないんですよ、こんどの問題についても僕はハッキリ断っておきますが、どうしても高田さんを排斥して天野さんを学長にしろなぞといっているんじゃない、ただ、ひとたび学長を中途でやめて台閣に列した高田博士が、こんど文部大臣をやめたから、すぐ元の位置へ就こうというのは、こいつはちょっと納得がゆかないんです、それも正々堂々たる評議員会や教授会が是非にといって高田さんに懇請したというならばともかく、人の知らぬ間に自分で膳立てをつくってしまうなんて法はないでしょう、これについて私の意見をいえば、大学はあまりに長く高田博士の専制下にあって、それが、いろいろな人事問題にも影響している、その上、高田博士以外に人物がないというならば止むを得ないとしても、長い歴史の中で早稲田生えぬきの人材も相当に生れている、田中穂積でもいいし、塩沢昌貞でもいいし、金子馬治でもいい、この際、新時代に即応するためには、むしろ新人を抜擢した方がいいんじゃないかと思うんです、早いはなしが、高田、坪内、天野の三博士にしたところでその功労に酬ゆる道はいくらでもあるでしょう」。

「ヒヤ、ヒヤ」。

と、誰れかの叫ぶ声が聞えた。

「そこへですね、加藤君がこの話を持ちこんできたものだから、とにかくやってみましょうといってお引受した次第です、ところが何しろ時日が切迫している、そこで教授では波多野精一と永井柳太郎の両君、評議員では、朝日新聞の松山忠次郎と、弁護士の若林成昭、それに代議士の斎藤隆夫、まア、やっとこれだけの人に会って事情を話したわけです、むろん事実をお伝えしたというだけのことで、だから一つ天野博士を助けてくれなんていうことを頼んだわけじゃないです、ところが、予定どおり教授会と評議員会がひらかれてみると、空気が極めて険悪である、その席上で市島、坪内の両氏が天野は無能だといって、聴くに堪えぬ人身攻撃をはじめた、こういうところにも暗い翳があるんですが、話がまるで感情的になっているんで、実情を知らない教授も評議員もびっくりしたんです、それがために結果は逆になって、会の空気は天野博士擁護という方向へかたむいてしまったんです、学校側では自分たちの非を棚にあげて僕のことを策動の本家のようにいっているそうだが」。

岩橋の顔には、かすかな表情の変化もあらわれなかった。

新藤が、西方のほうを向いて、何でも物事に感心したときにやる彼の癖で、首をぐっとかがめながら、にやりと笑った。

「然るにだ」。

岩橋は急に声の調子をおとした。「憲政会の校友の中から、高田博士の大学復帰は、博士自身にとっても大学にとっても、彼が憲政会に所属する政治家であるかぎり、純粋な意味においては政治的背信行為であるという反対論が起ってきたのだ、大隈侯爵はむろんそれを知っているし、高田博士も知っている、――それで、七月一日に、大隈侯のあっせんによって、学内の元老である高田、坪内、天野の三博士が呼びだされ、この問題をいかに処理するかという方法について相談がまとまった」。

「それは」。

それはといって、新藤が、また首をひっこめる真似をした。「よかったな、――わしも、そう思っとったところじゃ、大隈はとにかく高田ともあろうものが」。

「しいっ」。

と、制する声が部屋の隅々から聞えると新藤は、へらへらと笑って、頭をかきながら、

「こらえてくれよ」。

といって、またへらへらと笑った。岩橋は新藤を見て、一瞬間きょとんとした顔をしてみせたが、すぐあとをつづけて、

「いや、そのとおりになれば、ほんとによかったんだ、そのときの条件は実に理想的である、第一、恩賜館組の少壮教授をはじめ、全学生の要求だった学内の民主制確立、第二、今後の学長は、今までの評議員会のほかに教授と校友によって一つの組織

をつくり、すべての運営をこれに委ねること、第三、新校規が承認され、その運営方針が決定するまで任期の如何にかかわらず、天野博士が留任すること――先ず大体こんなところなんだが、これは大隈のお声がかりだから、ちゃんと維持員会の決議も得て、実行するばかりになっていたんだ、そこへ、教授の一部、特に恩賜館組の首脳部が横槍を入れたんだ」。

会衆の顔がひきしまった。東山が、ううんと唸るような声をだして、全身で見得を切るような恰好をしてみせた(東山自身はそんなことを少しも意識していないのだが、他人から観察すると彼はいつでも動作が芝居気たっぷりのように見える)。

とたんに岩橋の眉がぴりっとひきしまった。「この決議どおりになっていたら何の問題もなかったんですよ」。

「そのとき、恩賜館組はどういう申入れをしたんです?」。

「いや、それがさ、――申入れだけならいいんだけれど、われわれはもはや一日といえども、天野学長の下に教鞭をとるわけにはゆかぬといって、辞表をそれも学長に提出するんじゃなく総長のところへ持っていったんだ」。

「それを総長はどういう風に処理したんですか?」。

会場へ、あとからやってきた校友で、その頃、「東京日日新聞」の記者をしていた箱田宇名吉が、気ぜわしく吃りながら訊きかえした。

「そのへんのことは僕にもわからんがね」。

落ちついてはいるが、岩橋の興奮していることは彼の太い眉がぴくぴくうごいているることをもってしてもわかる。

「つまり、結果としては当面の人物である高田、坪内の両博士が、維持員会員である自分たちの力ではこの紛糾を拾収することは不可能であるといって二人とも総長に辞表を出したんだ」。

「それを大隈は受理したわけですね？」。

東山がいった。

「そうだろうと思う、――単なる意見具申じゃないよ、明かに天野に対するストライキだ、だって、君、そうだろう。高田にしたって名誉学長なんだからな」。

誰かが何とか言おうとしたが、岩橋の発言の方が早かった。「そりゃ、彼等にしたって理由はあるさ、何年何月何日どこそこの会合でやった天野の演説が不穏であったとか、彼は内心、自分を中心とする学制改革の方法を考え、大隈の勢力を学校から駆逐しなければ学校の民主化を行うことはできぬ、といったとか、いや、実をいえば、たしかに、そのことは天野の口から聞いたこともある、だからといって天野がこれを実行に移す手段を考えていたわけじゃない、そんなことを一つ一つ詮議していうなら、高田だって東京専門学校時代に、大隈が黒田内閣に外務大臣として入閣したとき、——ほら、桜田門で玄洋社の来島恒喜に爆弾をなげられたときだよ、高田は学校を教育の府として独立させるために、大隈の経済から独立させなきゃならんといったことがある、その舌の根の乾かぬに」。

「そりゃ、しかし」。

新藤が例の調子でいった。「もう四十年も前のはなしですからなア」。

彼に従えば、四十年も経てば舌の根も乾いている筈であろう。岩橋の説明を聴いているうちに彼は横にいる東山の顔が気になって仕方がなかった。——一ぺんも会ったことのない大隈に心酔している彼は自分の乗りだす機会が、だんだんちかづいてきたことをかんじたらしい。もっとも、かんじたというだけで、どこへ乗りだしていいのか彼自身にもハッキリしなかったが。

「ところで」。

と、岩橋が急に儼然とした態度でひらきなおった。彼はこの席上にも高田派のスパイが潜入していることをかんじたらしい様子だった。

「これは誰が言いだしたのかわからないが天野の周囲には学校を乗っとって、経営を自分たちの手でやろうという陰謀をたくらんでいる男がいる、という風評が立った、これは、君まるで逆だよ」。

岩橋が声を立てて笑ったのはこのときがはじめてである。「学校側が、それほど事態を深刻に考えているなら、何よりも先ず天野の反省を求むべきじゃないか、事実の有無にかかわらず、いきなり大隈のところへ持ち込むというのはどうかしている、――これを耳にした大隈が、何だ天野がという気持になるのは当然だろう、もっとも、学校側が大隈に対して、どんな風に報告したかわからないんだからね、大隈はすぐ天野をよんで、すぐ辞職しろと、それは君、どなりつけるような勢いで叱咤したそうだ、ところが、天野にもうすうす内情は、もうわかっている、天野博士だって馬鹿じゃないからね、やめろと言われたからって黙ってひきさがるわけにはゆかんよ、彼はむろん理由を聞き糺した、すると、理由は学内の平和を保つためだというんだ、そんなら、学長たる自分が進んで学校内に波瀾をまきおこすなぞということを考えるべき理由もなければ道理もない、ほかの理由ならばともかく、そういう理由の下に辞職するわけにゆかぬと言いはった、――つまり、現在までに報告すべきことはこれだけなんだがね、僕はこの問題をもっと簡単に考えていたんですが、此処《ここ》まで発展してきた以上は、尠くとも天野博士と一脈のつながりを持つ僕としては、独自的な立場においても天野のために全力をつくしてこの妖気を一掃する必要がある、しかし、だからといって諸君に僕と行を共にしてくれなぞというのではない、唯、僕に私利もなければ私心もないことだけは理解していただきたい、そして更に、もしだ、諸君の中で僕の意見に賛同して下さる方があるなら天野博士のためにひと肌ぬいでもらいたいというわけなんだが」。

岩橋は、片手でズボンの膝をたくしあげるようにして胡坐をかいた。

「そりゃ、大いにやるべきだ」。

保谷仁太郎が下腭を前へつきだした。彼は専門部の三年生であるが、試験をうけるだけで、ほとんど一年じゅう学校には出席していなかった。若いくせに泥鰌ひげを生やしている彼は、もはや完全な大人だった。

「こりゃ、岩橋さん、あんたの問題だけじゃない、全学生に訴えるべき問題ですよ」。

「そうだよ」。

と青木公平が太い声でどなった。「先ず、組織をつくって運動の基礎をかためておく必要があるな」。

来会者は、ふたたび車座になって、がやがやと騒ぎだしたが、結局、東山の発言にもとづき、満場一致で「吾等ハ正義ノ立場ニ於テ高田博士ノ再選ニ反対シ、建校ノ精神タル自由独立ノ実ヲ全ウスルコトヲ期ス」――という決議を行った。

3

時間はまだ十時をすぎたばかりだったが、散会してから紀尾井坂にある堺枯川の家を訪ねると十一時を過ぎてしまうので、西方現助は江戸川から大塚へ帰る青木と、矢来下にある映画常設館、羽衣館の前でわかれ、新藤と二人で鶴巻町の通りを正門に向って歩いていった。

「やりおるのう、岩橋は」。

新藤の顔には興奮が残っている。街の左手にある寄席がはねたばかりで、暗い街には人の影がちらちらと動いていた。「こりゃ、君、うっかりすると大へんなことになるわい、わしゃ、一度、大隈に会うて、よう話してやろう思うちょるんだが」。

彼は老侯爵の晩節がこのような事件のために曇りを生ずることを本気でおそれているのである。「大隈が高をくくっとるからいかんのじゃよ、高田と天野が話し合えばすむことじゃないか、――何しろ、君、さわぐことの好きな連中ばかり揃うとるんじゃから」。

今夜の会合にしたところで、もし岩橋が出席しなかったら、何のために集ったか見当もつかぬ結果になるところだった。とにかく正規の学生といえば、年齢的にいっても、新藤と西方のほかには青木がいるくらいのもので、地方の学生は、ほとんど残らずといってもいいほど帰省していたし、東京に家を持っている連中も避暑に出かけたり、旅行中だったりして市内にくすぶっている男はほとんどいなかった。つまり、学生という言葉に該当する、朝、時間どおりに教室へはいって、倫理(修身)や体操の時間にも、きちんきちんと出席して、ノートをとったり、弁当を食べたりする学生は一人もいなかった。

もちろん、彼等といえども学生にはちがいないが、親の脛をかじって、学業の余暇を、せいぜいミルクホールへ出かけたり、毎日一定の時間をノートの清書によって過すような学生ではない。彼等は、それぞれ自分勝手なアルバイト(現在の言葉)によって学資を稼ぎ、金さえあれば新宿吉原とわたり歩いて、仲間同士が顔を合すときは必ず天下国家を論じて、濶達無礙な生活をおくっている。ミルクホールの給仕女なぞを眼中においているやつは一人もいなかった。つまり彼等は学校という枠《わく》の中にいるのではなくて、実社会とすれすれのところに生きている一種の風雲児なのである。作者は前章において、学生名士である杉ケ枝高二が郷里の美作で新聞記者をやったり、政党の応援弁士として活躍しながら学業を継続していることについて語ったが、これはひとり杉ケ枝だけではない。その晩、神楽坂倶楽部でひらかれた政談演説会で大向うをうならせた越永安平は、毎朝《まいあさ》新聞配達をした上に、何とかいうタチのわるい法律事務所にかよって三百代言の代りをつとめていたし、保谷仁太郎は街の艶歌師の中でも、もう相当な顔役になっていた。

「こりゃ、いかん、いかん」。

新藤は、歩きながら、ぺっぺっと唾液《つば》を吐いた。「恩賜館組がみんな高田派ちうことになると、学生は大半高田派になっちまうわい、岩橋は真面目すぎるけんのう、わしゃ、あの人物を葬るに忍びんよ」。

「しかし、よかったな、今夜の岩橋の態度は」。

「そりゃ立派にゃちがいないが、あそこへ学長秘書の加藤がはいってくるとすっきりせんのう——わしゃ、今夜ひと晩考えてみるが、天野が無能ちうのは、こりゃほんとかも知れん、いや、岩橋も若いよ、若い、若い、うっかりすると東山にみんなやられちまうぞよ」。

学生老政客の新藤は、ひとりで、ぶつぶつ呟きながら、新藤洋服店と、ペンキで書いた看板の出ている家の前までくると、

「まア、ええわい、ええわい――今夜はこらえてくれよ」。

といって片手をあげ、裏木戸の方へ曲っていった。

西方はその晩から下戸塚の素人下宿の二階で起居することになった。あくる朝、二階の部屋で眼をさますと、五十ちかい女主人がはいってきて、この方が朝早くお見えになって、玄関でしばらく待っていらっしゃいましたといいながら、うろんそうな瞳をかがやかした。「警視庁巡査、鱈野一五郎」と印刷してあるほそ長い名刺である。

そこへ、裾の切れた袴を長く穿き、角帽を被った新藤がはいってきた。

「おい、もう天野派の本部が出来たよ、あつまっとるのは柔剣道の学生ばかりじゃ、わしゃ、ことによるとぬけるかも知れん、東山とは合わんのじゃ、こらえてくれよ」。

彼の説明によると、新藤洋服店から五、六軒先きにある玉突屋の二階が天野派の事務所になり、その入口には「革新団本部」という大きい標札が掲げられた。加藤清がそこにがんばっていて、在京の学生たちは朝から続々とつめかけている。

西方現助が下宿の女主人に朝の新聞を借りると社会面には、もう前の晩の会合の記事が出ていた。「学長問題激化す」――という三段ヌキの見出しで、昨夜の会合が校友学生の自発的な集りとして報道され、西方現助は政治科の学生を代表して出席したことになっていた。それだけではなく、天野派の学生は革新団を組織して、反学校運動の第一歩を踏みだしたということまで書いてある。

西方は朝飯を食べるとすぐ新藤といっしょに馬場下へ出て、ミルクホールへはいり、その日の新聞を読んだ。どの新聞の記事も天野派に対して同情的であり、中には東山の写真を出して彼の談話を掲載している新聞もあった。

その足で昨日まで玉突屋だった「革新団本部」を訪ねると、二階の板敷の部屋は、二つならべてあった玉突台が片隅に押しやられ、小さなテーブルが幾つとなく階段の正面においてあった。

そのテーブルをかこんでいる一団の人たちの中には昔、野球部の選手だった若い教授の河野安通志や、大口松次郎の顔も見えた。大口はYクラスで、「モダン・ユーロープ」の講義をしている。彼は西方の顔を見るが早いか、

「待っていたよ、君」。

といって彼の肩をたたいた。「何しろ機先を制しなくっちゃ駄目だからね、君たちでひとつ学生を勧誘する遊説隊を組織してくれたまえ」。

どの顔にも精彩がみちみちている。もう一つ、うしろにある別のテーブルでは加藤清がうしろ向きになって、何かしきりに考えるような恰好をしながら、机の上にひろげた原稿用紙の上に何か書きつけている。浴衣の上から袴をはいた学生が一人、せか

せかと階段を駈けのぼってきて加藤の机の上へ、小型の本を二、三冊、投げるようにおいた。「やっと、これだけ見つかりましたよ」。

彼はおつりだといって、袂の中から大小入りまざった銀貨をざらざらとテーブルの上へこぼした。

加藤は、クロース表紙の破れた小型の本をとりあげると、しきりに頁を繰っていたが、ううんと、軽くひとりでうなずきながら一気にペンを走らせた。小型の本は唱歌の教科書で、加藤は「革新団」の団歌をつくろうとしているのである。やがて、彼が重そうに腰をあげた。

「さア、出来たよ、節《ふし》はアムール河だ、いいかい、――僕が先ず歌ってみるから」。

彼は人差し指を前につきだし、自分で拍子をとりながらうたいだした。

「森かげくらく月落ちぬ
ひとよ眠りの夢さませ
正義のつるぎ腰に佩き
破邪顕正の道行かん」

学生時代、仙台にいた頃土井晩翠の薫陶をうけたという彼は自分のつくった新体詩に、すっかり満足しきっている調子で、四節にわかれている唱歌をうたい終ると、

「こいつを千枚、いや、――千枚じゃ足りんな、一万枚ばかり印刷するか、おい君」。

彼は階段の上り口に立っていた文科の学生を手招いた。

「日清印刷ね、知っとるだろう、あそこの事務所に黒泉という人がいるからね、僕の名刺を持っていって、すぐ印刷してくれるように頼んでくれたまえ」。

その日の新聞を読んで、何の気なしにふらふらとやってきた彼は加藤が何ものであるか知らなかったし、自分の名前を聴こうともしないで威圧的な命令を下す横柄な男に対してかすかな反感をおぼえたらしい様子だったが、しかし加藤の手から名刺と、封筒に入れた原稿をうけとるとすぐ階段をおりていった。

玉突屋の二階に新設された「革新団本部」に、どこから誰が運びこんできたのか、楽隊の大太鼓とラッパが据えつけられたのは、それから二、三日経ってからである。新聞記事は連日、運動の進行について、学長問題の赤熱化してきたことを報じていた。毎朝十時頃になると、開け放しにされた玉突屋の二階からひびいてくる太鼓の音は、人通りのまばらな鶴巻町の通りに流れ、そのあいだを人力車に乗った新聞記者が、引っきりなしに往ったり来たりしている。

西方と青木は、毎朝、運動の指令本部みたいになっている天神町の「東洋経済」の二階で会い、いっしょに革新団の事務所へ出かけていった。「東洋経済」には大抵岩橋勘山がいて、その日の情勢の変化がわかった。岩橋のところへは毎日必ずきまって知名な政治家やジャーナリストがやってきて、たった一つしかない二階の応接間は訪問客でいっぱいになっている。相当に秘密を要するような相談をしているときもある様子だったが、しかし岩橋は終始あけっ放しで自分たちのいる応接間へ学生たちを通し、時にはその話の中へ彼等をひき入れてしまうこともあった。此処へ来ると、刻々に動いてゆく情勢の変化が手にとるようにわかる。新聞の論調も天野派に対して必ずしも有利ではなく、天野派の背後に大きな黒い影がうごいているという臆測が少しずつ、かたちをあらわしかけていた。

この社には岩橋のほかに大学の先輩である社長の木村銅太郎がいたが、彼は学生時代から天野博士の指導をうけ、卒業するとすぐに博士の経営下にある「東洋経済」に入社して今日の地位を築きあげた男であるから、本来ならば岩橋よりもむしろ彼の方が中心になって動くべきであるが、早くも五十をすぎて、天神ひげを生やしたこの温厚な老人は一切を岩橋に托し、——というよりも、むしろ自分は超然として運動の外に卓立し、岩橋の行動を冷静な眼で傍観視しているというかんじだった。

新聞は競って両派の動静について報じているし、校友や学生の会合は毎日のように場所を変えては開かれていた。しかし、学生の動きはほとんど天野派に集注し、それが次第に外部へ微妙なひろがりを持ってゆくのに対して高田派は、大隈老侯処断という最後の切り札だけにたより、内部工作によって事件を明るみへ出さずに暗黙のうちに解決しようとしていた。

それが、いよいよ積極的な攻撃態勢に変ってきたのは、唯一の恃みともいうべき、大隈の説得が最後の段階において決裂してしまってからである。残るところは今や、全国に散在している帰省中の学生と校友だけである。在京の学生課員は一人残らず動員されて、「学長問題経過概要」という題目の小冊子を父兄にあてて配布した。政治力を持つ校友のあいだにも意見は二つにわかれ、彼等の意見は、まだ両者の調停に一縷の望みがあることを信じているらしい模様だったが、しかしそれがために全国評議員会が招集されたときはすでに時機を逸していた。

民衆はビリケン首相といわれた寺内元帥を首班とする反動内閣に愛想をつかしきっていたときではあったし、その強圧政策が祟って全国の都市に米騒動を誘発する気配がみちみちている上に、三菱造船所では賃銀問題に関して、かつて見ることのできなかったような大同盟罷業が起り、それが次第に、あたらしい労働運動を促進する機会をつくろうとしている。一方、内閣の対外方針は軟弱であるという立場から右翼の感情が激化し、これに刺戟された憲政会所属の代議士が集結して「国民外交会」の発会式をあげ、その中心に大隈を引っぱり出そうとする運動が起っているかと思うと、一方では早稲田の法学部で憲法論を講じていた副島義一と福本日南が中心となって「対外同志会」の発会式をあげ、憲政会の運動に対抗しようとしている。それに、欧洲戦争は次第に終末にちかづき、ドイツの敗北は決定的な方向に動いているばかりでなく、戦争景気に乗じて政治力を利用し、ひと儲けしようとする商人に対し奸商取締令が警視庁から公布されると、民衆の感情は急速に激化してきた。

ロシヤ革命の様相にも徐々に変化があらわれ、ケレンスキー内閣の運命も旦夕に迫っている様子である。学校側が目の仇敵としているのは当の天野博士や革新団ではなく、純理論的に彼等を指導している岩橋勘山という妙な男がいるということが次第に明るみへさらけだされてきたらしい。

「とうとう、ケレンスキーがわれ等の学園にも出てきたね」。

と、市島春城(謙吉)がいう。

「いや、それもよし、これもよし、ケレンスキーをしてケレンスキーたらしめよ、まアゆるゆると時を待つさ、——われわれ建校の精神がケレンスキーの出現ぐらいでゆらぐもんじゃない」。

坪内雄蔵は、ほそおもての顔に皮肉な微笑を湛えながらいった。早稲田大学の前身である東京専門学校の昔にさかのぼると、高田、坪内、天野の三人は、当時の言葉をもってすれば、三博士として学校建設の功労者であることはたしかであるが、しかし、彼等の中で高田、坪内に比較すれば天野の存在は、学校とのつながりにおいてもはるかにおくれているし、彼を大隈に推薦した小野梓が学校の後事を托したのは高田であって天野ではない。坪内は文学者であるから運営の実際面に関与するところはないとしても、この三人が一体となることによってのみ学校の存続を保ち得るのである。それ故もし、高田が大隈内閣の一員として席を占めたことによって、彼が教育者としての立場を失うとすれば、天野もまた、明治二十三年、佐賀県選出の代議士として衆議院に席を列したことがあるではないか。そんなことを今になってとやかくいう必要はない。高田が大隈の懇請に従って入閣したのは、これがために早稲田大学を放棄したのでないことは明白である。それを今にして天野が校内における高田閥を云為し、所謂《いわゆる》天野派の野心家たちを駆り立てて、高田の政治的色彩を追求するのはどうかしている。天野にしたところで、その後、彼が松方内閣の選挙干渉によって落選の悲運に遭い、改進党員としての議席を失うことがなかったとしたら、彼の政治的生涯は今日もなお存続している筈である。学制改革もいいし、学校の民主化もいい。しかし、これを行うがために高田を排斥するという理由はないであろう。教授会が、もし組織の改造を要求したとすれば高田もまたその決議を尊重することは明白である。それを教授の過半数、ならびに少壮教授の集団である恩賜館組が進んで高田派たるべきことを表明しているときに、少数の不平分子を狩りあつめ、進んで平地に波瀾をまき起そうとするのは自家の権勢慾に固執しようとするものである。

むしろ、今日に及んでは天野の反省を待つまでもなく、泣いて馬謖を斬るべきであるという強硬論が、ようやく学校主脳部の感情を支配するようになってきた。

学校側が次第に積極的な態度をとって対外宣伝に乗りだしてくる頃には、「革新団」の結束はいよいよ鞏固になり、剣道部の総大将である伴重吉を主心とする実行組は、運動部を基本にして一つの組織をつくりあげていた。最初のうち玉突屋の二階へ毎日のように顔を出していた雄弁会所属の学生政治家たちは、ほとんど姿を見せなくなってしまい、不言実行を綱領とする筋骨隆々たる学生たちの、鶴巻町の通りを肩で風を切って横行濶歩する姿が、街の住民たちの眼にも険悪な空気のちかづきつつあることを予想させるようになってきた。久しく会わなかった新藤喬が、熊本から上京してきた堅木実とつれだって、下戸塚の下宿へ西方を訪れたのは、八月もそろそろ終りに近づこうとする、大気の爽やかな、ある朝であった。

「いや、どうも、えらいことになっちゃったなア」。

新藤は声をひそめるようにして、あたりに気をくばりながらいった。彼の顔はまったく、いつもの精彩を失っている。「わしゃア、君、とうとう脱落したよ。——そのことを最初から君に相談しようと思うとったけん、君にはまた別の考えもあろう思うてな、単独で伴君にわけを話したんじゃ、つまり、僕としては、どっちの言い分に味方したらええのかわかりゃせん、しばらく考えてみるから僕の自由にさせてくれいうたところが」。

新藤は自嘲的なうすら笑いを口辺に漾《ただよ》わした。「伴君が怒りよってのう、——もっとも、あの男はようわかっとるんじゃが、ほかの連中もおったし、その前でいうたのがわるかったのかも知れん、わしゃ、いきなり、たたきつけられたよ」。

場所は革新団の集合所として、学校の許可なぞは眼中におかずに彼等が自由に出入りしていた寄宿舎の広間である。新藤は起きあがるごとに、二、三度つづけざまに殴られ、投げ倒された。彼は両手で頭を抱える恰好をしてみせながら、

「そりゃ、わしもそのくらいのことは覚悟しとったから何の抵抗もせんじゃった、裏切ったといえば、たしかに裏切ったにちがいないんじゃからのう、——伴君はもう

一度考え直せと、しきりに言いおったが、わしは唯、こらえてくれ、こらえてくれというだけじゃ」。

「その話を、さっきも新藤から聴いて愕然としたところだ」。

堅木実が口を尖らしていった。彼の父親は郷里の熊本で新聞社長をしている。「僕は東京の新聞をむさぼるように読みながら、実は革新勢力の中心にそびえている君の姿を夢のように頭に描いとったよ、一種うらやましいような、妬ましいような」。

話し方に一種の癖のある、疳高い調子で彼は言葉をつづける。「つまり、やったな、というかんじさ、この運動がロシヤのケレンスキー革命と時を同じゅうして起ったというところにも僕の好奇心を唆るに足るものがある、高田も天野も僕にとっちゃどうでもいい、新聞を自分勝手の流儀で読んでいると、はじめは学長問題に終始していたのが、だんだん学制改革とか校内の民主化とかいう方面へ移行してくる、こいつは西方のやつ、いよいよ思う壺にはまったな、というかんじさ」。

堅木はがくりと肩を前へおとした。「ところがさ、やっと汽車が東京へ着いて、改札口を出ようとすると、ぐっと右肩をおさえられた、ちょっと来てくれというんだ、腕まくりをした強そうなやつでね、そのあとについてゆくとたった今、汽車からおりたばかりと見える菱形の帽子を被った男が、ずらりとならんでいる、その前にテーブルがおいてあって柔剣道の学生がテーブルをかこんでいる、それよりも、テーブルの横には「革新団本部」と書いた高張提灯が立っているのにはおどろいたな、おれの眼の前で、なぐられているやつもいたよ、そのうちに、剣道部の学生の中から、おれと同郷の別院という男が、おう、堅木君といって呼びかけながら、おれを脇へつれていったよ、あそこで天野派か高田派かといって聴かれたら天野派だといった方がいいぞというんだ、そんなことを注意されなくたって、おれは、むろんそのつもりだったから、すぐテーブルの上の連名簿に署名したよ、——それだけなんだがね、実はすぐにも君の動静が知りたくって、よっぽど口に出して聴こうと思ったが、あの雰囲気はまるで、おれの頭の中でつくりあげた空気とは別のものなんだ、これはとんでもないことになったと思った、今朝、新藤に会って、大略、——いや、それも、ほんの僅かなんだが実情に近いものにふれたというわけさ」。

「しかし、まだ望みがないわけじゃない、僕はあたらしい学生運動の起るのはむしろこれからだと思っている」。

西方現助の胸の底を、つめたいものがかすめてとおった。鶴巻町の革新団本部の中においてさえ、半月前とくらべると、彼の立場は今や伴重吉の支配下におかれた一宣伝部員に過ぎなかった。毎日、本部へ来て待機している新聞記者のその日の経過を説明したり、つぎつぎと実情を聴くためにやってくる学生に、同じ言葉と同じ調子で事件の概要を話すことが彼の役目であるが、しかし、そういう仕事を担当している青木と西方の周囲には、日に日に勢力を扶植しつつある武断派に対抗するための別の雰囲気が結成されようとしていた。この微妙な感情の動きを、長いあいだ学生生活から遠ざかっている岩橋勘山が知る筈はない。むしろ、実行力をありあまるほど持っている伴重吉とその一党は、信念のつよさにおいても、純粋で素朴な言語動作においても、文治派と自称する学生たちとくらべると本気で天野博士に同情し、高田博士と博士に従属する学校幹部を本気で憎んでいる。西方と青木が彼等に対して何となくひけ目をかんずるのは、武断派の学生の大部分が卒業を間近に控えた大人であり、年齢に開きがあるだけではなくて、文治派の連中が議論に時をすごしているあいだに、どのような難問題もすぐこれを実行に移して、片っぱしから結論をつくりあげてゆく、ひた向きな情熱と、いつでも一致団結することのできる単純な実行力の持ち主であるということである。

「しかし、まアいい、——君が無事であったということだけでも」。

堅木実が、眼をしばだたきながら西方の手をにぎりしめたとき、下宿の女主人が階段をあがってきた。鱈野一五郎が玄関でいいから是非お目にかかりたいといって待っているというのである。

4

鱈野一五郎が、ほそい名刺を持った尾行巡査であるということは前章において述べたごとくである。――西方が玄関口へ出てゆくと、彼は低い声で、実は新宿警察から、あなたをつれて出頭しろという命令をうけたんです、と早口にいった。「大した問題じゃないですから、時間はかからんでしょう」。

「だけど、君、――理由が明白でないのに出頭しろというのはおかしいじゃないか？」。

鼻の下に、ちょび髭を生やした鱈野は、やっと二十歳になったばかりの西方の顔に、卑屈な愛想笑いを浴びせかけながらいった。「そんな大ゲサな話じゃないですよ、多分何かの証人という程度で」。

「じゃあ、こっちにも用事があるんだから、ひまが出来てから出かけてゆくよ」。

「そいつは困りますね、私の立場も考えて下さい、――ちゃんと命令をうけてやってきたんですから」。

「すると、どうしてもつれてゆくというわけだね?」。

「まさかね、首に縄をつけてひっぱってゆくわけにもゆきませんが」。

何をこの若造め、——というかんじが、彼の眉にぴりっと閃いた。世馴れた刑事の表情はもう相手を軽く見くびってしまっている。「とにかく、私が責任を持ちます、往復一時間はかからんでしょう、そんなに世話をやかせるもんじゃありませんよ」。

「いや、どうしてもというなら、検事の令状を持って来たまえ」。

「むろん、正式にはそうすべきですが、たぶん、あなたはすぐ承知してくれるだろうと思って非公式な手続きをとったんですよ、ひとつ、今日のところはまげて私のために」。

「だから、さっきから理由をきいているんじゃないか、——学校の問題で、僕は今、途方もなくいそがしいんだ」。

「わかっていますよ、とにかく主任に会っていただけばわかることですから」。

押問答をかさねてゆくうちに、西方現助はとうとう、鱈野刑事の誘いの手にかかってしまった。きょとんとしている新藤と堅木を残して彼が外へ出たのは十時少し過ぎだった。歩きながら、西方は電柱や板塀に貼りつけてある革新団主催、学長問題演説会と書いたビラを見た。そういう演説会は毎晩のように開かれていた。その晩の場所は江戸川べりの貸席清風亭で、ビラにはごたごたとならんでいる弁士の中に彼の名前も書いてあった。裏通りを歩いて、若松町から電車に乗ると新宿の終点まで十分とはかからなかった。電車の沿線は野趣の豊かな田園で、角筈の終点から遊廓街がひらけている。現在の繁華街は残らず遊廓で普通のしもた家は一軒もなかった。入口の大門のあたりは朝がえりらしい嫖客がうろついている。角帽を被った西方現助はステッキをついて肩をそびやかし、見ようによっては彼の叔父さんとも思われそうな尾行巡査をつれて、しいんと鳴りをしずめている遊廓街の横町を左に曲った。すぐ右手にそびえている青いペンキの剝げ落ちた二階建の病院風の建物が新宿警察署なのである。鱈野刑事の顔をみると、受付にいた若い巡査が椅子から腰をあげてお辞儀をした。一瞬間、鱈野巡査の態度は一変して、急に鋭い視線をじろっと西方の顔に投げたと思うと、若い巡査に耳打ちをして、そのままませかせかと事務室の方へはいっていった。入口から幅の広いコンクリートの廊下が奥の方へつづいている。若い巡査は儼然とした面構えで、こっちへ、といいながら長い廊下を歩き、すぐとっつきの扉をあけた。

「此処で待っているんだ」。

西方現助は、やられた、と思った。明《あきら》かに鱈野一五郎に一杯喰わされたのである。小さな部屋の中には誰もいなかった。扉のそとの廊下を往復する靴音は絶え間なしに聞えていたが、誰れも入ってくるものはなかった。西方は椅子から立ちあがってみたり、また坐ってみたりしながら一時間あまり同じ動作をくりかえしていると、だしぬけに扉があいて四十前後と思われる、白い夏服を着た肥った男がぬっと顔をつきだした。

「おい、昼飯は未だだろう?」。

西方は、とたんにむっとして睨みかえした。「それよりも、こっちは急いでいるんだから早く用事を聴きたいんだが?」。

「そいつは、おれにはわからんね」。

「じゃあ、すぐ鱈野君を呼んでくれよ」。

「もういないよ、——さっき出ていったばかりだから夜になったら帰るだろう」。

扉をパタンとしめた。それから十分ほど経つと、雑役夫みたいな男が、うるしの剝げた箱弁当とお茶を持ってはいってきた。無表情のまま、それを机の上において出ていった。西方は空腹をかんじてはいたが、しかし胸がきゅうんと押しつまって、箱弁当を食う気にはなれなかった。しばらく経つと、またさっきの巡査がはいってきた。

「おい、こっちへ来るんだ」。

西方が何か言おうとするのを見向きもしないで彼は廊下を突っ切り、左手にある傾斜の急な階段をのぼっていった。西方現助はわざと桜のステッキで床板をたたきながら、肩を怒らして階段をのぼっていった。

すぐ上が小さな会議室で、扉をあけると、西方の眼の前に一種奇妙な光景がひらきだされた。彼を案内してきた巡査よりも、ずっと上役らしい金モールの肩章をつけた巡査が窓を背にして立ち、その前に、一見して三十前後と思われる骨骼の秀でた男が、長椅子に腰をおろしたまま、立っている巡査の顔を下から睨みつけるようにして、おそろしい早口で何かまくし立てている。髭の剃りあとを青くうかばせた頰の肉が怒りにおののいて、今にもとびかかろうというかんじだった。ちらっと見た瞬間、西方現助は、そこにいるのが社会主義者の荒畑寒村であることに気がついた。半年ほど前、堺枯川が立候補したとき、本郷の大和座でひらかれた「政見発表演説会」で、演壇に立っている彼の姿をたった一ぺんだけ見たことがある。

西方がはいっていったので、荒畑もいくぶん声の調子を和らげながら、

「とにかく、おれが直接にもう一度話してみるから警視庁へ電話をかけて正力松太郎を呼べ、その上で、もし貴様たちが勝手な判断をして、おれの検束を長びかせているることがわかったら承知しないぞ」。

話の様子から察すると、荒畑が警視庁に電話をかけ、方面監察官の正力松太郎との

あいだに一応諒解が成立したにもかかわらず、係官である上役の巡査がどうしても実行しようとしないらしい。それを荒畑が憤激して巡査に食ってかかっているのである。まもなく、電話をかけることに話がまとまったらしく、巡査は逃げるように出ていった。西方は彼の前に腰をおろし以前大和座でお目にかかったことがあります、というと、

「ああ、西方君」。

と、荒畑は急に寛《くつろ》いだ表情を見せながらまるで人が一変したように屈託のない微笑をうかべた。「君のことは堺君から聞いていましたよ、——いや、これは妙なところで会いましたね」。

袂の中から敷島の袋を出し、一本ぬきだして口にくわえた。「君たちの学校では学長の問題で騒いでいるようですな、僕は局外者だから内情は知らないが、高田を学長にする方がほんとうじゃないかと思いますね、天野も任期が終ったのに、まだ頑張ろうというのは少し無理ですよ、——われわれから言わせたら、むしろ坪内を学長にしたらどうかと思うんだが」。

西方たちが夢中になって行動を起している学長問題も荒畑にとっては大した興味もなさそうに思われた。それよりも彼にとっては数日前から南葛方面に不穏な形勢を生

じようとしている米騒動の方に特別の関心があるらしく、

「いくら警官の総動員をやったところで駄目ですよ」。

言いかけて、声高に笑いだした。「何か事件があると、われわれを検束することを義務のように思っていやがるんですからね、今朝も翻訳の仕事を持って、ある商店へ行こうとするところをつかまっちゃったんです」。

西方が話題を変えて、ケレンスキー革命について彼の意見を求めたが、荒畑は、これにもあまり気乗りがしないらしく、

「いや、あれはちょうど芝居の三番叟みたいなもので、必ず、ああいう前奏曲があってから、いよいよほんとうの芝居にうつるんです、ケレンスキーの運命もそろそろ終っている頃じゃないかな」。

電話をかけにいった巡査はなかなかあがって来なかった。いつのまにか時間が経ってしまったらしく、窓の外には西陽が落ち、夕闇が庭をめぐる樹木の繁みから迫ってきた。屋根とすれすれに枝を張っている椎の木の梢が風に煽られ、そのたびごとに長く伸びた枝が音を立てて硝子窓をたたくのである。ひょいと腰をあげて窓越しに見ると、中庭の広場にいかめしく武装した警官の一隊が整列していた。風は夕方から急につよくなったらしく、窓にあたる唸りにも力がこもり、部屋の中はみるみるうちに暗

くなってきた。広場に集結している警官隊は一組ごとにランタンをぶら下げている。そこへ雑役夫が火のついた蠟燭を持って入ってきた。

「今夜は故障があって電灯が点かないそうです」。

荒畑は雑役夫の方へは見向きもしないで、

「ざまアみやがれ」。

と窓の方を向いて怒鳴ったが、それだけではまだ気がすまないらしく、衝動的に立ちあがるが早いか窓にちかづいて、両手をかけ、ぐっと上へひきあげた。窓があくと、どっと吹きつける風で蠟燭の火が消えたので、部屋の中はたちまち真っ暗になった。広場には第二の部隊が整列したところで、ランタンの小さい灯かげが若い巡査たちの逞しい姿を照らし、夜目にもあざやかに佩剱《はいけん》がキラキラと光っていた。一人の隊長が何か声高に命令しているらしく、

「本部隊の警戒区域は」。

と、その男の叫んでいる声が途中から風に吹きとばされていた。その吹きちぎれた濁み声のひとふしに煽られて、「何しろ風がつよいから各自充分に注意して」。

そこだけ大きく窓の中へ流れ込んできたとき、荒畑寒村が、

「畜生!」とさけんで半身を窓のそとへ乗りだした。

「こんな風が何だ、――今に大きい風が吹くぞ、何も彼も根こそぎにさらってゆくような大きい風が」。

彼は矢庭に、ぴしゃりと窓をしめた。すぐ荒々しい靴音が階段をのぼってきた。挑みかかるような面構えをしてとびこんできたのは別の巡査である。彼は怒気を含んだ眼で正面から荒畑の顔を睨みつけた。「検束の時間を経過しましたから、あたらしく引きつぎます、すぐ門の外へ出て下さい」「門の外へ出て、それからどうするのだ」。

「正式に留置場へはいってもらうんです」。

「よし、署長に会おう、――貴様にはわからん、それが正力の返事かどうかハッキリ聴こう」。

荒畑は神経的な怒号をつづけながら、立ちあがるが早いか扉をぱたんとあけ、階段をおりていった。

5

新宿署の楼上にある会議室で、西方現助は実に退屈な、それでいて焦躁にみちた二日間をすごした。一体何のために警察が自分をこんなところに置きっぱなしにしているのか彼には皆目わからなかった。鱈野だけはついに姿を見せなかったが、刑事や巡査がやってきては、来るごとに学校騒動の噂をしたり、ときにはわざわざ新聞を持ってきて見せてくれたりした。これだけ距離をおいてぼんやり遠くから眺めていると、天野派の運動が一日ごとに浮き腰になっていることがハッキリわかるようである。もう、帰省中だった学生はほとんど東京にもどっているし、彼等の大多数は、天野派ともつかず高田派ともつかぬ、まったく別の立場に立って冷静に事態を観望しているように見える。

新宿署内で会った刑事や巡査たちも彼に対しては格別の悪意や憎悪感を持ってはいなかった。警視庁の方針としても、学校騒動が学長問題に終始しているかぎり、これを政治的事件として対処する気持のないことも明白だった。なるべく警官の干渉を避けるという方針を立てているらしい。保護検束をうけて三日目の夕方、彼は不意に署長の部屋へよびだされた。署長は、やっと四十をすぎたばかりと思われる、病身らしい、着実な風貌を備えた男である。彼は、肘を机の上におき片手で頬を支えながら眉をぴりぴりと顫わせた。「さっき岩橋君がやってきて君のことを非常に心配していたよ」。

署長は性急に咳きこむような調子で、

「君のことは警視庁の命令で、学校の問題とは無関係に行われたんだ、一昨日は本所に暴動が起って、民衆の空気が険悪になっているから社会主義者を検束するということに方針がきまったんです、──君は伴君のところへ出入りしているらしいね？」。感情をあけすけにして物をいう態度が西方現助の心に、この男の職能につきまとう尊大で横柄なかんじをあたえなかった。彼が、そうです、と答えると、署長は不安そうに眼をしばだたきながら、

「もちろん僕が君の思想に関与する理由はないが、つまらん誤解をうけないように自重してもらいたいね、学校も大へんな事態に際会しているし、君のことも部下の報告によって大体見当がついたから、本来なら方面監察官の諒解を仰いで処理するところなんだが、今日は僕の独断で君を釈放するよ、岩橋君もきっと安心するだろう、帰ったらすぐ訪ねてくれたまえ」。これで万事片づいたというかんじで、彼はもう暗くなりかかっている窓の方へ視線を外らした。何となく男性的な、無駄のないキビキビした署長の言葉にすっかり満足した西方現助は一種の感動にちかい興奮をおぼえながら外へ出た。

若松町でおりるところを、肴町までゆき、神楽坂をのぼって天神町へ出ると、「東洋経済」の前で、門の中から出てきた顔見知りの剣道部の学生に会った。彼は西方が

新宿警察に留置されていたことを知らないらしく、両腕に抱えている大きなチラシの束の一つを慌てて彼にわたした。「さっきから、みんな君を待っていたぜ、——まだ五時半だな」と言いながら腕時計をちらっと見た。「もう四時すぎから会場は学生でぎっしり詰っている、さっき僕がいったときは山吹町の通りは通行禁止になって、巡査が交通整理をしとった、今夜は永井柳太郎も出るそうだから入場無料じゃもったいないくらいだよ」。

西方現助は眼界が急に一変して、胸がわくわくするようなあたらしい衝動に駆りたてられた。矢来下へ出ると、広い通りを学生のむれが、ぞろぞろと鶴巻町の方へ歩いてゆく。街角の蕎麦屋の前には大きな立看板が出ている。会場は山吹町にある早稲田劇場で、立看板には天野派の教授や、重だった校友の名前がずらりとならび、その中にはさまれている西方現助という名前が自分とはまるで別の人物のような精彩を放っている。

彼が新宿署にいた三日間のあいだに、運動は、たしかに急速なひろがりをみせてきた。高田派だろうと天野派だろうと、そんなことはどっちだっていいことである。もはや誰れ一人として事件の性質を究明したり、これに対して冷静な判断を加えようとしているものはいなかった。新学年の開始を直前に控えた学校側は、一切の妥協的工作や他人まかせの緩和政策を根こそぎに放棄したらしく、現在学長の職を保っている天野博士を無視して維持員会を開いた。その席で金子馬治(筑水)以下六名のあたらしい理事が任命された。当分学長を空席にしたまま、理事の合議制によって学校の運営にあたろうというのである。これと同時に、何の調査もなければ下相談もなく、天野派の運動に参加したり、幾分の賛意を示したというだけの理由で、伊藤重治郎、井上忻治、原口竹二郎、永井柳太郎の四教授が免職された。運動の中枢部にいた武断派の学生の中からも伴重吉以下六名が放校処分をうけた。学生の処分は、生徒控所の掲示板に貼りだされ、教授の免職は葉書一枚をもって当事者に通達された。市内で発行する十五の大新聞はいずれも、大隈侯爵が、激怒のあまり、廃校せよと叫んだということをつたえていた。

学校側の態度が強化したことがわかると、「革新団」に立てこもる学生たちは、放校処分をうけた六人の学生をかこんで祝盃をあげた。玉突屋の二階では朝から楽隊の太鼓が鳴りつづけている。ふたたび学生の街に一変した鶴巻町の通りには、加藤清のつくった「革新団」の歌を高唱する声が夜更くるまでつづいていた。西方現助のいない三日間のうちに、武断派学生の感情は殺気立ち、ミルクホールや食堂で、この運動について冷静な批判を下しているものがあると、彼等は隊を組んで乗り込み、誰彼れの差別もなく路上にひきずり出して殴ったり蹴ったりした。地方から上京してきた学生のほとんど大部分は、中立派であったが、学校側の態度が強化するにつれて次第に反天野派的色彩をおびてきた。学生のあいだに大山郁夫とならんで、もっとも人気のあった永井柳太郎の罷免は彼等の心に尠からぬ衝撃をあたえた。小大隈というあだ名で呼ばれ、彼は青年時代から大隈に私淑し、もっとも大隈の恩寵をうけていた。片足を失ってからは、いよいよ彼の風采容貌は大隈に似てきた。大隈の落し子ではないかという噂までまことしやかに流布されていた永井である。その永井が学生のあいだに最初のうちは高田派の中心人物と見られていたにもかかわらず、天野派の一員として馘首されたことは、学生たちの感情に、何か悲劇的な処理のつかぬものを植えつけてしまったらしい。流言蜚語は神楽坂から高田の馬場までひろがる、学生の住む区域にあとからあとからと撒きちらされた。西方現助が興奮にどよめく人波を押しわけて、早稲田劇場の裏口からはいってゆくと、演壇のうしろに張られた幕のうしろで、その日、登壇する手筈となっている弁士と演題を書いた紙の整理をしていた学生のむれの中から青木公平がひょいと立ちあがった。

彼はとびつくようにして西方の肩をおさえた。「待っていたよ、——ああ、ほんとによかった、おれが独断で、君の演題をつけてしまったから諒解してくれたまえ、君が来なかったら、おれひとりで武断派に対抗するつもりだった」。

　青木は西方の耳に口をよせてささやいてから、こんどはみんなに聞えるような大きい声でいった。「永井の態度が曖昧なんだ、最初は必ず出席するといったくせに、あとになって急にことわってきたんだが、――どうもハッキリしないね」。「おれは、しかし」。

　西方が当惑したように顔をしかめてみせた。「新宿署にいるとき、じっくり考えてみたんだが、もうこの運動はおれたちがやろうと思っていたこととはまったく別の方向へそれてしまったよ、今のおれにいうべき言葉があれば、それは純粋な学生の運動にかえれということだけだ、おれが前に革命の縮図だといった言葉だって、学校を混乱に陥れるという意味じゃない、青年の情熱に訴えて現実を正視するというところにだけ」。西方が続いて何か言おうとしたとき、大道具の立てかけてある壁際から唸るような怒号が起った。腹這いになって、ビラやチラシの整理をしていた学生たちがざわざわと立ちあがった。

　剣道部で羽振りをきかせている友塚半吾の首筋をおさえた一人の学生が、うしろへぐっと腰をひきながら友塚の頰桁をなぐりつけている。怒号しているのは友塚で、太い髭を生やした友塚の平っぺたい顔が、咽喉を締めつけられるごとに仰向けになり、苦しそうに息を吐きながらもがいている。彼はもう強《した》たかに酔っているらしく、あやうく倒れそうになるところをやっと片足で支えると、こんどは猛然として攻勢に出てきた。

「おい、止せ」。青木が身をおどらすようにして二人のあいだへとびこんでいった。ほかの学生がどっと左右から二人の腕をおさえてひきはなした。

西方が、ひょいと闇の中をすかしてみると、幕の方へ、よろよろと倒れるように歩いてきた小柄な男の顔が彼の眼の前にうかびあがった。西方の胸がわなわなとふるえてきた。友塚とつかみあっていた学生は三日前に下宿の二階でわかれた新藤だった。

「何しよるか、あいつ、——こうなったらおれだってやるぞ」。彼は苦しそうに息を吐きながら、とぎれとぎれの声でいった。「こらえてくれ、こらえてくれと、あれほどいうちょるのに、何じゃ、いかに暴力がつよいからいうて」。

しかし、すぐ彼は周囲にあつまっている学生たちの方を向いて、

「すみませんでした、ほんとに、こんなところで、ああ、わしもなっちょらんわい」。苦しそうな愛想笑いをうかべたと思うと気まりわるそうにあたりを見廻わした。とたんに西方と視線がぶつかると、

「何じゃ、ここにいたのかい、——いやもう、何もかも、くしゃくしゃじゃがな」。

上左より石橋湛山，市島謙吉．下左より永井柳太郎，三木武吉．

入口では、道路をうずめている学生たちが、たがいに犇めきあいながら前へ前へと押しだしてくるので、会場はみるみるうちに大混乱に陥った。それを制止しようとして「革新団」の幹部が舞台の上へ出て、声高に叫びながら両手をあげると、それをキッカケにたちまち割れかえるような拍手の波がどっと押し寄せてきた。西方が気がついたときには、もう新藤の姿はどこにも見えなかった。大道具の立てかけてあるうすい壁のうしろが楽屋になっているので、ほそいすき間から覗いてみると、畳を敷いた三畳ぐらいの部屋の、障子がとりはずしてあるので、中に坐っている人の姿がハッキリ見えた。うしろ向きになっているのは岩橋勘山であるが、彼と向いあっている男の顔にはハッキリ見覚えがあるような気がした。しかし誰だかよくわからなかった。そのとき、うしろからちかづいてきた青木が、

「知ってるかい、——三木だよ、三木武吉だよ」。

と低い声でささやいた。西方は見るからに偉丈夫というかんじの、狼のような顔をした三木の顔に視線を集注していた。彼は一見すると老人のようでもあるが、それでいて何となく若々しい。その三木が、ぼそぼそと何かいったと思うと畳の上へ両手をついた。西方現助はどきっとして眼を瞠った。

6

西方現助は演壇の右手にある花道の横に立っている学生の列のうしろに立って、前にいる男の肩越しに舞台の方を眺めていた。東山松次郎の開会の辞が終って、罷免された教授が次々と立つごとに聴衆の拍手は低い天井に鳴りひびいた。フロックコートを着た伊藤重治郎が、謹厳な態度で、商科の教授に似合わぬ美辞麗句をつらねた演説をはじめると、学生たちは言葉がとぎれるごとに拍手をおくった。伊藤の演説は一時間以上にわたったが、しかし内容は非常に実際的で、ケンブリッジやハアバートの校内設備、——特に図書館の充実について長い説明をはじめると聴衆の顔には次第に倦怠の色がうかんできた。彼等が聴こうとしているのは、そのような遠大な理想ではなく、現在彼等が当面している学長問題であった。伊藤の演説は堂々として一糸乱れぬ論理の落ちつきを示していたが、学生たちは豊富な内容や、冷静な歴史的批判に耳を傾けようとはしていなかった。彼等が求めているのは、現実の混乱の中にあって彼等の心を煽り、われ知らず喚きたてずにはいられないような烈しい言葉だけである。楽屋裏で、その晩の進行係をつとめている浅木はそのことに気がつくと、ほんとうは出ても出なくてもいいような校友や学生たちのあいだから弁士をさがし出そうとしたが、しかし適当な男はどこにもいなかった。彼は偶然そこへ来合せていた越永安平の姿をみとめると、無理矢理に彼を演壇に押しだした。越永はその晩演説をする予定の中に加えられてはいなかったが、気軽な彼は演壇へのぼると、すぐ寺内内閣の弾劾をはじめ、それを巧みに学長問題に結びつけた。越永が降壇すると東山が立って、派手なゼスチュアを交えながら学校の攻撃をはじめた。そのあとから校友がつぎつぎと立ったが、学生たちはもう弁士の言葉なぞに耳を傾けてはいなかった。

「永井を出せ、永井を」。

と怒号する声が場内の隅々から聞えたと思うと、入口にちかいところにかたまっていた聴衆の列の一角がくずれだした。

岩橋勘山が楽屋からとびだしてきたときには、「革新団」と書いた高張提灯を、先頭にした学生の渦が、どよめくような唸りを立てて、山吹町の通りを右に、学校の方角に向って動きだしていた。その晩、政治家を代表する校友として、単身、早稲田劇場へ乗込んできた三木武吉から、岩橋は今夜だけは学生に不穏な行動がないようにということを繰返えし懇願されていた。三木は議会の内部に、天才的な野次で声名を保っている雄弁会出身の青年政治家だったが、彼は激昂した学生たちを支配する群集心理の動きを極端におそれていた。ことによると、彼等は大隈侯邸を襲撃するかも知れないし、そんな事態がもし発生したとすれば、万一を警戒して侯爵邸に待機している警官隊と正面衝突するようになることは当然の勢いであろう(当時の方面監察官であった正力松太郎は、予め形勢の動きに備えて、三百人の武装警官を侯爵邸内に張り込ませていた)。

「老侯は今、病気なのだ、――これ以上心労をかけるに忍びぬ、岩橋君、僕は高田派を代表して来たんじゃない、個人的立場において君の情誼に訴えるのだ」。

傲岸不屈をもって聞えている三木武吉は、頼む、といって岩橋の前へ頭を下げた。岩橋が自分の力の及ぶかぎり必ず尽力するといって別れてからまだ二時間あまりしか経っていなかった。

しかし、今となっては、もはや防ぐべき道はない。辛うじて彼の出来ることは何処という目標を持たぬ学生の波が、大隈侯爵邸の前をしずかに素通りしてくれるようにと、先登に立った男たちを説得することだけである。そのとき、動きだした群衆の最初の列は鶴巻町の大通りへさしかかっていた。高張提灯が前へ前へと、右に左にぐらつきながら動きだしたと思うと、こんどはどこからか、大運動会のときに使う優勝旗が群衆の先頭に立った。その列だけが、狭い下戸塚の坂をのぼってゆく。ふかい樹立のかげから家々の灯かげが点々とうかんでいる。月のいい晩で、大気はもう水のようにつめたかった。月あかりに照らしだされた坂道にはもう秋の気配がみちみちている。西方現助はいつの間にか下戸塚の坂をのぼる列の中に加わっていた。どこへゆくのか見当もつかぬ。やがて前に動く群衆の歩調が少しずつゆるやかになったと思うと、先に立った優勝旗が小さな門の前でぴたりととまった。西方現助は群衆を押しわけるようにして前へ出ていった。そのとき、表の木戸があいて、彼の眼の前に着物を着た永井柳太郎の全身がうかびあがった。学生たちは門をはさんで狭い道の右と左にわかれた。誰も口をひらくものはなかった。永井は左手を帯のあいだにはさみ、心持ち肩を怒らすような恰好をしながら、興奮のさめたあとで、きょとんと眼を瞠っている学生の列を眺めた。張りのある、ひびきにみちた声が学生たちの頭をかすめて消えてゆく。「諸君の来訪を感謝する、もちろん私も諸君と行を共にすべきであるが、一生の恩誼を蒙る大隈老侯は今病床にあり、しかも病あつしと聞いて一切の言動を避けて蟄居している私の心事を諒解していただきたい」。

早稲田劇場を出て、鶴巻町から下戸塚の坂をのぼるときは永井を詰問しようという考え方において彼等は一致していた。それが、自分から進んで門をひらいて出てきた永井の姿を見た瞬間、学生たちはたちまち、いつも講堂で彼の演説を聴くときの、爽やかな音楽に恍惚とするときのような満足感に堪能してしまった。彼等は永井の誠実と老侯を思う愛情を疑わなかった。

学生たちは黙々として、左へつづく小路の方へ歩きだした。まったく冷静になりきったその列が馬場下の坂を下って、正門の方へ曲ろうとする四つ角にある蕎麦屋の前まで来たときには、人の数もまばらになり、一人ずつ別の方角を目ざして、うす暗い街の方へ消えていった。西方が正門の前まで来たときには、もはや二、三十人の学生が残っているきりだった。しかし、鶴巻町でわかれてすぐ学校へ乗込み、講堂を占領した一団は早稲田劇場を出るときから持ちつづけている興奮に駆りたてられながら、ぎっしり講堂を埋めていた。そこでは主催者のない演説会がひらかれ、天野派の校友や学生たちが、誰に指名されるわけでもなく、一人が終ると一人が立つというふうに、勝手に演壇にのぼっていった。そこへ、騒擾以来、一ぺんも顔を見せたことのない天野博士邸を訪問した武断派の一党が、校歌をうたいながら乗込んでくると、講堂の中はふたたび湧きたつような活気を呈してきた。

学生の列が正門に雪崩れ込むとすぐ、事務室に残っていた職員たちは一人残らず大隈侯邸に難を避けた。玉突屋の二階に陣どっていた革新団の事務所はその晩のうちに学校の事務室に移され、学校は完全に占領された。

各社の新聞記者が、まもなく、ぞろぞろと事務室へ入ってきた。片隅のテーブルの上には酒のびんがならび、彼等は茶碗についだ冷酒をぐいぐいと呷った。もう、そろそろ一時を過ぎる時間だったが、新聞記者たちは、つぎつぎと入ってくる情報を待つために動こうとしなかった。岩橋を中心とする革新団の首脳部は講堂の真下にある会議室にあつまり、今後の方策について協議をかさねていたが、そこへ校友の一人が入ってきて、学校側が嘆願したために警視庁は家宅侵入罪として強行処断を行う準備にとりかかっているということをつたえた。

「集合!」。

と叫ぶ声が校庭の片隅から聞え、剣道部の森高が熟柿臭い酒気を吐きながら講堂へ入ってきた。聴衆席には、まだその場を立ち去りかねている二百人あまりの学生が残っていた。加藤清が演壇に立ち、感激に声をふるわせながら彼の心境を説明していた。こんなに早く、バタバタと彼等の勝利の日が出現しようとは夢にも思わなかったであろう。

「私がどんな思いで今夜の喜びに接する日を待っていたか、ああ諸君、天は正義に味方する、天野博士がいかなる思いで今日までの苦艱を忍んで来られたか、私は今や言うべき言葉もない」。

しかし、感激にむせんでいるのは加藤ひとりだけで、聴衆はほとんど彼の言葉を聴いてはいなかった。彼等は唯《ただ》、だしぬけに出現したこのような一夜を茫然として過しているだけである。生理的な若さが、このような途方もない時間を、少しでも長く持ちこたえようという気持を駆りたてるのだ。まだ何かが起るぞという期待だけが彼等の好奇心をゆすぶりうごかすのである。加藤の演説の終らぬうちに森高は手をあげて聴衆に呼びかけた。

「剣道部員は一人残らず道場にあつまって下さい」。

彼等の先輩である憲政会の代議士、三木武吉が本所深川の暴徒三千人をひきつれて学校を奪還するために押寄せてくるというのである。三千人といえば一個聯隊にあまる兵力であろう。それをせいぜい二十人や三十人の剣道部員の力で防ぎとめることのできる筈はない。

「一体、その情報はどこから入ったのだ?」。

事件の勃発当時から革新団につめかけ、個人的感情においては天野派の味方であった「中外商業」の小田島が事務室に残っている新聞記者たちを前にして、ふふんとせせら笑うような微笑をうかべた。「バカも休み休み言えよ、そんな大人数が行進してくるのを警察がほったらかしておく法はないじゃないか」。

しかし、彼といえども、この大ニュースをみすみす一蹴し去るわけにはゆかなかった。「三木武吉が深川の暴徒をあつめてやってくるというだけでいい、——ところで、どうなったんだい、家宅侵入罪の方は？」。

　東山が血色のいい顔をしてはいってきた。「御報告します、校友、野間五造氏を介して正力方面監察官に会見を申込んだところが、実にこころよく会ってくれました。警視庁の態度は慎重を極めています、学内の問題に警察権を行使すべきではないという意見なのです、唯、希望としては速やかに学校当局と連繋した上で解決の方法をとってもらいたいということでした、それで、すぐ大隈侯爵邸に出かけたのですが門をとざして交渉に応じようとしないのです、実に不誠意極まる」。

　卓上電話のベルは絶え間なしに鳴りつづけていた。剣道場には電灯が輝き、面、胴をつけ、竹刀を持った学生がぞろぞろと出てきた。正門と裏門の扉はかたく閉じられ、武装した彼等はふた組にわかれて校内の警戒に当った。一夜はみるみるうちに明けていったが、三千人の暴徒はついに姿をあらわさなかった。

　大隈侯邸に移った学校当局は、革新団からの再三の交渉にも応じようとしなかった。病床に横臥したまま、新任理事からの報告を聴いていた大隈は、善後処理についての生半可な意見などに耳を傾けてはいなかった。

「事態の拾収に自信が持てないようだったら廃校にするがいい、——おれの手でつくった早稲田大学だ、おれが廃校にするのに誰れも文句をいうやつはあるまい」。

窪み落ちた彼の眼にはいつものような底光りがなく、げっそりと痩せおとろえた頬の蒼黒く、くすんでいるのが見るからに痛ましかった。

風蕭々

大正８年，大隈講堂にて，大隈重信侯と坪内逍遥.

1

月のかげが低い屋根に落ちている。場所は博多、中洲の水茶屋、常盤館の裏門の前で俥のとまる音がした。——入ってきたのは洗いざらしの白い薩摩絣を着ながしにした長身肥大の杉山茂丸である。杉山は、右が納屋、左が薪の束の堆高く積んである狭い通路を大股に歩いて植込のふかい中庭の前へ出た。

壊れかかった柴折戸をあけると、池の水蓮に灯かげがぼうと映っている。杉山は竹垣にそって庭石づたいに池をひと廻りして大きい石灯籠のかげになっている茶室の横へ出た。片手で松の幹を抱え、身体を斜めにして池の正面にある広間を透かすように眺めると通常「豪傑部屋」と呼ばれている宴会専用のほそ長い部屋は、襖も障子もあけ放しにされて、そこから真正面に見える欄間の上には、何時も見馴れている山陽外史の、「雲耶山耶呉耶越」——と達筆にまかせて伸び放題に書きなぐった天草夜泊の詩がうすい翳を刻んでいる。新任の福岡県令安場保和をかこむ実業家たちの小宴であった。安場は玄洋社とも多少のつながりがある。元を洗えば、その頃元老院議官であった安場を説いて、福岡県知事たらしめようとしたのも、杉山であるし、「明治の聖代に筑前の梁山泊などに誘拐されてたまるものか」——と一蹴する安場を追窮して、「いや、明治の聖代に藩閥高給のお鬚の塵を払うのと青年子弟の高邁な気風の中で日を過すのとどっちがいい」と、大言壮語して磊落豪宕をもって聞えた安場にひと泡吹かせたのも白面空手《はくめんくうしゅ》の一書生である杉山であった。彼は安場を説得したばかりではない。親分である山田顕義に一身の運命を托しているから相談の上で返事しようと、最後の逃口上を打った安場の言葉をしっかりとおさえてすぐひらき直った。「——よろしい、然らば山田閣下のことはわが輩がひきうけました。山田閣下に一身を托されるのは少々心ぼそいが、人物払底の今日であってみれば九州統一を図るにはどうしても先生をさらってゆくよりほかに道はない、こうなればわが輩も命がけです、やるところまではやりますぞ」。

杉山はその足ですぐ後藤象次郎を訪ね、無理矢理に紹介状をもらって山田顕義を自邸に訪れすぐ膝詰談判をはじめたのである。剛愎な山田が杉山の法螺に吹きまくられたと解釈するのは必ずしも穏当でないかも知れぬが、しかしその安場が福岡県令となって赴任してきたのはそれから一ト月経つか経たぬうちであった。してみると杉山が投じた一石が多少の効果を奏したことを否定するわけにはゆくまい。

宴席には人の姿が入りみだれ、びっこをひいた安場の顔は何処にあるのかわからなかったが、しいんと大気をひきしめるようにひびいてくる博多節の音じめさえ、さすがに浪人や書生たちの酒宴の席に聴くボロ三味線とはちがっておのずから一つの格を示している。やっているな、——と思うと、杉山の顔にはかくしきれぬ微笑がうかんできた。兎《と》にも角《かく》にも安場を此処まで引きずりだしてきた力が自分の胸三寸にあったと思うと、誰に対してともなく、ざまァみやがれ、という気持がどっとこみあげてきたのである。

そのまま杉山は茶室の濡れ縁の方へ廻った。——その夜、同志の来島と星成とそこで会食する手筈になっているのだ。時間には少しおくれたが、杉山は無造作な声で、

「よう」。

と呼びかけながら入っていった。若い妓をよんで、よろしく接待させるようにと女中に頼んでおいたのだが、部屋の中には小卓を挟んで、双肌脱ぎになった星成喬太郎と、垢じみた棒縞の手織木綿の単衣に茶っぽい小倉袴をつけた来島が不興そうな顔をして向いあっている。

「何や」。

片手で団扇をつかいながら星成がとげとげしい声でいった。「二時間も客を待たし

といて、あんた何処をうろついて御座った？」。

「御免、御免、——用があって八幡へ行ったけん遅うなった、駅から俥で駈けつけたところじゃよ、汗びっしょりじゃ」。

沈鬱そうな来島の眼にふれると杉山はそっと視線を外らしながら、

「それに、ちゃんと女中に言いつけといたんじゃが、妓たちはどうしおったんじゃ、気の利かんやつ等じゃのう、——県令の宴会で逆上《のぼ》せあがっているわけでもなかじゃろに、どっちにしてもおくれたのはおれが悪か、機嫌を直して飲め！」。

杉山は星成のコップに酒をなみなみと注ぎ入れた。それから、大きく手を鳴らそうとするのを、

「来てくれたらもう文句は言わん、あんたのことじゃけん、何処かで大法螺でも吹いているうちにおれたちのことはケロリと忘れたのかと思うとった」。

「バカをいうな、——それよりも妓を聘《よ》ぼう」。

「いや、——」

と、黙っていた来島が窪んだ眼をパチパチと動かした。

「妓はいらん、——さっきも二、三人来おったがかえしたばかりじゃ」。

「かえした？」。

「——妓がいると気が散っていかん。今夜は宴会じゃないからのう」。

「どうも貴様には歯が立たん、——何か急いでいることでもあっとや？」。

「今夜、——吉見屋でみんなが待っとるけんのう」。

「下名島町か、そんなものはほっとけ、それよりも貴様と膝を交えて話したいことがある」。

「そうもゆかん、送別会じゃでのう」。

「送別会というのは貴公のか？」。

「そうじゃよ、——あんたもいっしょに行かんか」。

「そんなら」。

杉山の眉が不意に曇った。「いよいよ出発と決めたのか、——」。

「うん、何よりも実行じゃ」。

来島はむっつりとして口を噤んだ。杉山はそっとあたりへ気を配るようにうしろを振りかえった。縁先までのびた八ツ手の葉が灯かげの中にキラキラと光っている。

「それで、——」。

杉山は来島の眼から来る殺気をひやりと胸の底にかんじた。「何時立つんじゃ？」。

「今夜おそく船に乗る、——予定は一ト月もあればよか、東京の形勢次第では二、三日でかえるかも知れん、送別会というと大袈裟ばってん、事の次第によっちゃ同志の結束は固めておかんきゃならんからのう」。

「うん」。

杉山は大きくうなずきながら手酌でついだ盃の酒をひと息に吸いこんでから、

「――何しろ容易ならん時勢じゃ、何れはおれたちも命を捨てる覚悟はせにゃなるまいが、どうも貴公は血気に逸りすぎる。短気のために大策を誤っちゃいかんぞ、むろん大隈の条約改正問題は天下の大事にちがいない、――しかしだ、憤りを発すべき問題はこれだけじゃない、志あるものは誰も彼も憤慨悲憤を胸におさめている」。

「そこたい」。

星成が皮肉そうに唇を歪めた。「胸におさめたところでどうもならんじゃないかな、事態は一刻の猶予も許さぬところにある」。

「まァ、待ちゃい」。

と、杉山は片手で軽くおさえながらむっつりと圧しだまっている来島の顔を覗きこんだ。

「おれはそのことで貴公等二人に会いたかったのじゃ、――事態が切迫しているだけに一歩誤ったらとり返しのつかないことになる。去年の鹿鳴館騒ぎをどう思う。廟堂の諸公は腸まで腐っている。その中でも大隈はまだましなくらいのものじゃ、伊藤や井上は骨がらみにひとしい、そこでおれはこう考える、条約改正を中止させることも肝要じゃが、それよりもこれを機会に天下の正論を激化させることの方がはるかに重大だぞ、大隈事件にぶつかることによっておれたちは天下の積弊を掃蕩する機会をつかまえんと出来ん、昔、沛公が志を得たのは秦の無道をおさえて一世の正論を激化させたからじゃ、こいつを踏みちがえると大へんなことになる、——何といっても今日の時勢に備えるのは言論のほかにはなか、去年貴公が松島屋で井上(馨)を刺していたら、あの老奸の息の根を止めることが出来ていたかも知れんが、それがために今日のように正論を激化させる機会は失ってしまったかも知れぬ、おれの恐るるところはそこじゃ、博浪沙の一撃は効を奏しても玄洋社は根こそぎにぶっ倒れていたかも知れん」。

「待ちゃい」。

来島の眼が不意にするどく輝きだしたのである。「そりゃあ、——あんたのいうとおりかも知れんが、しかし言論は言論じゃ、国論をいかに激化させたところで、もし条約改正が実行されてしまったら、日本中の老若男女がことごとく志士仁人に変ったとしても、もうあとの祭じゃ、あんたはおれが井上をやっつけなかったことを正論のために祝福すべきことのように言うばってん、果してどげんなったか、そんなことはやってみなくっちゃわかるまいが」。

「いや、わかる、――大西郷があれだけの衆望を担いながら、武力をもってしてはどうにも出来なかったじゃなかや、君側の奸を掃蕩しようと思うなら、言論のほかにはなか、もし西郷が言論をもって九州を風靡して立ったらおそらく天下は意の儘《まま》になっていたろう、貴公そう思わんか」。

膝に置いた杉山の手首がわなわなと顫えている。――来島はこみあげてくる感情をおさえるようにじっと唇を嚙みしめた。「まるでちがう、――なるほど当節は武力の時代じゃなか、そうかといって言論の時代でもなか、あんたは土佐の言論風にあてられすぎているぞ」。

「それなら何の時代だ?」。

「――一騎打ちじゃ」。

来島は懐ろに入れた左手でぐっと臍下丹田をおさえた。「単刀直入事を決する時代じゃよ、今日の急務は天下の輿論を捲き起すことじゃなくて、条約改正を是が非でも中止させるということにある、――言論の起るのはそれから先きの話じゃ、大西郷が兵を挙げて失敗したことはたしかに貴公のいうとおりだが、おれはあれだけの人傑が揃っていて何故一騎打ちの勝負をしなかったか、それだけを今でも残念に思うとる、死を決した人間が百人あったら大戦争を起して途方もない犠牲を払わなくとも立派に目的を貫徹することが出来たろう」。

ぼそぼそと語る来島の声には次第に底力が加わってきた。杉山は動かすことのできない来島の決意をハッキリ見究めたような気もちになった。急に冷めたい水が脊筋に伝わるような不安に襲われたのである。去年、井上を刺そうとして行方を晦ました彼を社中の同人が総がかりで探しだし、やっと頭山満の説得によって事無きを得たときのことがふと杉山の頭にうかんできた。今夜の会見も、所詮はそのときと同じ不安の実体を突きとめようとする魂胆の故に外ならぬのだ。——それが、今、彼の眼の前にいる来島は去年の来島ともちがっている。去年の来島は感情の動きに唆しかけられながら井上に対する私憤を脱しきれないでいるところがあった。しかし、今夜の来島の顔にはかすかな感情の曇りもない。何時もならば、言葉が乱れ、論理もしどろもどろになる彼が熱するにつれてますます冷静になってくるのも不思議であるが、しかし、それよりも一層不思議なことは、大抵の場合自分の方が圧倒的にぐいぐい対手をおさえつける習慣を持っている杉山が、ともすれば逆にねじ伏せられそうになるもどかしさをどうすることもできないことであった。

「じゃが」。

と、杉山はそわそわした調子で言葉を濁した。「大隈と井上とは違うぞ」。

「何が違う――？」。

「大隈は井上ほど老獪じゃなかぞ」。

「そのことか、――そりゃちがうじゃろう、大隈が井上よりも良心があるということならそれもわかる、しかし、そんなことはどっちでもいいことじゃ、大隈と井上の人物の優劣論をやるときじゃなか、あんた、少しどげんかしとるぞ、わしは大隈を憎んじゃおらん、条約改正を中止させる、そのほかに余計なことを考える必要が何処にある」。

庭石を踏む下駄の音が聞え、若い女中が銚子を持って近づいてきたが、杉山を見ると、すぐ、

「だん(旦那)さん」。

と呼びかけた。安場県令がちょっとでもいいから杉山に顔をだしてくれというのである。

「おれが此処にいるのがどうしてわかった？」。

「そりゃ、だんさん、――さっき御りょん(女将)さんが」。

杉山は忌まいましそうに顔をしかめた。すると、すかさず来島が、

「おれたちもそろそろ引きあげるか、——杉山、あんたは用がすんだら吉見屋へ来るといいが」。

「まア、待っとれ、おれはちょっと顔を出してすぐかえってくるけん、——今夜はいよいよ貴公たちと別れともない晩になってきたぞ」。

二人が東上するということは数日前から知友のあいだに伝わっていた。事態の急を告げていることを知らぬ杉山ではない。——知らぬどころか彼はあらゆることを知りつくしているのだ。しかし輿論の大勢が圧倒的に改正案反対に傾いているときに果して大隈が民論を押しきって実行するかどうかこいつは疑わしい。反対論は在野の政客だけではなく廟堂の意見さえ決定しようとしている。井上(馨)よりも大隈よりも最初の張本人である伊藤(博文)の腰がぐらつきだしている今日、伊藤の傀儡(杉山はそう解釈していた)であるにすぎぬ大隈が、彼の政治的生命を犠牲にしてまで実行に着手するかどうか、——杉山は民論の急先鋒であることを自任しながらも腹の底では高を括っていたのである。それよりも、彼はこの機運をつかんで藩閥政治を倒すことの方がはるかに重要だと考えていた。それに、玄洋社からは頭山と美和(作次郎)が同志をつれて中央に乗りだしていっている。彼は一ト月前に後藤(象二郎)の胸の底を打診してか

えったばかりだ。谷干城《たにたてき》、三浦梧楼、鳥尾小弥太《こやた》等を中心とする反対論の火の手は日に日に高まっているし、大隈の支配下にある外務省の中でさえ若い外交官の小村寿太郎なぞは反対論を唱えているではないか。九州でも、長いあいだ犬猿の感情を持ちあつかいかねていた玄洋社と熊本国権党が、どっちから先に寄り進んだというわけでもなしに近づいて、条約改正中止を断行する意気込をもって筑前協会を組織し、大隈が唯一の恃《たの》みとする九州改進党に対抗しようとしているのだ。井上の保安条令以来狂い立った民論はもう防ぎようのないところまで来ている。そのように沸騰する民論の動きの見えぬ大隈ではない。彼は唯乗りかかった船の始末に迷っているのだ。——頑張りきれるところまでがんばって、民論の潮流が自分に有利な方向へ展開して来そうなところでひと芝居打とうとする大隈の腹を、杉山は彼一流の人間認識によって簡単に読みとろうとしていたのである。そこへ来島がとびだしていって途方もないことをやりだしたら、大隈の決意を逆な方向へ導く結果になるかも知れぬ。来島が何のために上京するかということが朧気ながら見当のついている彼にとっては、厭が応でも防ぎとめなければならないのだ。民論の動きを誤ることを恐れるだけではない。玄洋社の将来にとっても、——否々もう一歩踏込んで言えば、ようやく動きだす方向に動いてきた天下の大勢を自分の筋書どおりに導いてゆくためにも。

策士をもって自任する杉山は来島を説得するくらいのことは朝飯前だと高を括っていたのである。ところが、今夜の来島は並大抵の覚悟ではないものを持っているらしい。言ってみれば、推せども敲けども動かぬ巌乗な岩のような冷たさが彼の心に犇々とくる。そこへ、ほかの女中がやってきた。——安場がどうしても顔を出してくれという。じゃあ、すぐ行くからといって女中を返すと、杉山は急に深刻な表情をして言った。

「——これからはいよいよおれたちが命がけで君国に奉公しなけりゃならんときがくる、上京するのもいいが命だけは大切にしろよ、貴公は命を粗末にしすぎる、これだけはくれぐれも頼むぞ、のう、恒喜」。

杉山の眼には涙がにじんでいる。「約束してくれよ、決して軽はずみなことをしないということを」。

「おれは何も考えてはおらん」。

と恒喜が渋りがちな声で言った。「用がすんだら吉見屋へ来るといいのう、——みんなも久しぶりで杉山の長広舌を聴きたがっとるよ」。

「よし、きっとゆく」。

「待っとる、——時間はたっぷりあるから急がんでもいい」。

2

杉山が出てゆくと、星成はすぐ浴衣をひっかけ、部屋の隅に皺くちゃにしたまま投げすててあった袴を穿いた。

「おい行こう」。

促すようにいうのを、来島は正坐したままで、

「待て、――」。

と低い声で呼びかけた。

「何な？」。

「話がある、――坐れよ」。

「今のことか？」。

星成は庭の方へちらっと視線を利かせてから低い食卓の上へ両肘を突いた。「茂丸どん、うすうす感づいたようじゃな？」。

「どうだか、――ああいってみたいのが癖じゃや、社中第一の英雄も野心に曇っている眼にはおれたちの決心は映るまい、それよりも、おれはたった今、杉山の言葉でハ

ッキリかんじたことがある」。

「何じゃ、それは?」。

「星成、——怒るなよ」。

言いかけて、しばらく口を噤んでから、

「貴様、——思いとまれ」。

「何を、——?」。

「東京行じゃよ」。

「何をいう、今になって」。

「——やっぱり、そうすべきだ、おれ一人だけで行かしてくれ」。

「だしぬけに、何じゃ、——おれが恃むに足りぬのか?」。

気色ばんだ星成の顔を見ると恒喜はぐっと膝を前に押し進めた。「おれはやる、必ずやる」。

「わかっとるじゃないか、——貴様もやればおれもやるぞ」。

「いや、貴様はいかん」。

「何故いかん?」。

「二人でやったら禍が玄洋社にかかる、じゃからこんどのことはおれに任しておけ、

――おれは今日かぎり玄洋社を脱退する、そして、おれ一人になろう、星成、信じてくれ、このおれを――貴様には女房もあれば子供もある、おれは犠牲者を出したり他人に迷惑をかけたくない、そのためにおれはこっそり養家先の的野から離籍して旧姓の来島にかえる手続をしておいたよ、しかし、貴様とおれとは事情がちがう。頼む、成功しても失敗してもおれだけの責任にしてくれ」。

だしぬけの言葉にはちがいないが、来島の顔には必死の色がうかんでいる。事を決行することを約したのは星成と星成の弟の明《あきら》の三人であったが、明だけはひと足先に東京へ行っていた(それに、明の方は最初から蔭の協力者となるべき立場に置かれていたのだ)。

「妻子が何じゃ、今更」。

「――わかってくれよ、おれの気もちを、おれは最後までおれ一人の責任にしたいだけじゃ、貴様にはまだ別に命を捨てるに適当な時期がある、何も貴様だけに手を引けというのじゃなく、おれたちは自分の分担をきめて一つの仕事を完成しようといっておるだけだ、それが、今はどう考えても貴様のとびだす幕じゃないということがだんだんわかってきて、二人が動きだしたらそれだけ警戒も厳重になるし、むろん改進党の走狗も黙っちゃいまい」。

「すると、おれに福岡へ残れというのか？」。

「だから、貴様には女房も子供もある、おれたちが事を決行すれば、どうせ誰かが悲運に泣くようになるのは覚悟の前だが、好んで人を犠牲にするには及ばぬ、どうせ一つしかない命じゃないか、星成、大切にしよう、おれたちの心事は杉山にだってわかっとるよ、あいつが生命を大切にせよという気もちと、おれが貴様に一歩退けという気もちは、ちょっとちがうが、しかし、杉山も言論が最後の武器だとは考えちゃいまい」。

「そんなら」。

と星成が眼をしばたたいた。「おれが勝手に行動するんならよかろう」。

「勝手というのは？」。

「おれにはおれの考えがある」。

「バカなことをいうな、——目的は一つしかないじゃないか、おれが貴様に望むことは死ぬ用意をして待っていてくれということだ、東京の形勢はまだどう動くかわからないし、ことによったら頭山さんたちの運動が効を奏するかも知れん、何よりも肝腎なことは機会を逸しちゃならんということだ。何も大隈をやっつけることだけが目的じゃなかけんのう、早すぎてもいかんし、そうかといって遅すぎたら、——」。

「うん、それもわかる」。

感情が激してきたのであろう、星成は痙攣的に頰を顫わせた。「おれは止めよう、きっと約束する、――しかし、やめた上でおれがどんな行動をとっても貴様は文句をいうまい？」。

「文句は言わぬ、――」。

来島は飲みさしの酒を盃洗の中へあけてから、星成の前へ差しつけた。

「やるところまでやろう、おれが失策《しくじ》ったら貴様がやるんだ、何も理窟はない」。

星成のさした酒を半分残して、彼がひと息にどっと呻った。「人間にはそれぞれの持ち前がある、頭山さんはぼうっとして天下を睨みつけるために生れてきたんだ、杉山は策をもって立てばいい、頭山が腹なら杉山は眼じゃ」。

「いや、眼じゃなくて耳じゃよ」。

「どっちでもいいが、おれたちは壮士だ、唯《ただ》やる、――実行のほかに能力はない、それにつけても惜しいと思うのは島田一郎、長連豪の徒輩だ。島田ほどの豪傑が何故一人で大久保を斬れなかったのか、人間は何時でも一人と一人の勝負だ、六人で大久保を襲ったのはいいが、あの連累者をぞろぞろ出したぶざまはどうだ、不用意も甚しいじゃないか、もしおれが大隈をやっつけるときがあったとしても、連累者だけは犬の子一ぴきたりとも出さんぞ」。

しぃんとなると広間の騒ぎが壁にしみるように聞えてくる。そろそろ出かけよう、といって来島が立ちあがった。庭石づたいに裏木戸の方へ廻ると遠くに波の音が聞える。月のあかるさの中に二人の顔がうかびあがった。

「そうだとすると」。

星成が木戸をしめながら振りかえった。「おれは今夜、吉見屋へゆくのは見合せる、恒喜、貴公がよろしくいうてくれ」。

「何処へゆくんじゃ」。

「何処かへゆく、——しかし、さっきのことはしっかり約束したから心配するな」。

いい月じゃのう、と、とぼけた声で彼は空を見あげたのである。来島は門の柱にさわってみた。雨風にさらされた木理のあらい手ざわりが彼の心に別離の感傷をよび起したのである。維新の頃にこの家を宿房として潜んでいた高杉晋作が、捕吏にかこまれて逃げるに道もなく、頬かむりをしてそのとき宴に侍った雛妓のなにがしという少女を肩車にのせながら悠々たる嫖客の気構えで落ちていったのもこの門である。

忍ぶこの身の手拭とりて月に着せたや頬かむり、

という晋作のつくった都々逸もおそらく当時の心境を托したものであろう。——来島は酔えば必ず唄う習慣のついた都々逸の文句をどよめきかえす別離の感情の中に思いうかべたのである。

3

安場の宴席をいいかげんに切上げて、杉山が下名島町の吉見屋へ俥を走らせたときにはもう十一時を過ぎていた。彼はいくら飲んでも酔いきれない気もちを持てあましながら来島のことを考え続けていたのである。おさえることのできないもの、防ぐことのできないものが杉山の心の中でだんだんかたちを整えてくる。——十余年前、頭山のいる芝口の宿屋で会ったのが最初であった。無口な恒喜はその頃からむっつりとして時を過す日が多く、火鉢をかこむ同志を前にして杉山があふれるような快弁を弄しているときでも来島だけはひとりはなれて縁側にながながと寝そべっていた。顔を見合せても言葉を交すという機会は尠く、——必ずしも気質が触れにくいというわけでもないのに、人のあつまりの中にいればすぐにも自分に適合した雰囲気をつくりださずにはいられぬ杉山の濶達な表情と、ひとり孤独を楽しむという来島の沈鬱な表情とは同じ軒の下にあって知らず知らずのうちに対蹠的な関係をつくりあげていた。それが、ある日、ほかの同志は外出して二人だけが居残ったとき、部屋の片隅にある机によりかかって書見をしていた杉山に来島の方から話しかけたのである。上野の桜がようやく綻びかけたという季節で、――午後であったが花曇りの空はうす濁っていた。杉山はそのときのことを俥にゆられながらおもいだしたのである。

「杉山！」。

来島は部屋の方に脊を向けて、縁側に寝そべったままの姿勢で話しかけた。「人間は何のために生きとるのかのう？」。

杉山の方がドギマギしながら、しかし、どんなときにもあらわれるつむじ曲りの気象がそのときもむくむくと頭をもたげてきた。「生きることだけを考えるからそんな疑問が起るんじゃよ、――おれは死ぬことだけを考えとるからそんなことはどうでもいい」。

「死ぬことか」。

と、来島が言った。「しかし、生きることがわからなくちゃ死ぬことはわかるまいが」。

「貴様は病弱だからそんな気が起るんじゃろう、――生きるのがいやなら死んだ方がいい」。

「それもそうじゃな、――死ぬときは咽喉笛を刎ね切れば死ねるかのう?」。

「貴様あ、死ぬ気か?」。

「そうも言えぬが、死ぬこつがわかっと生きるこつにも方針が立つ、何時でも死ねる用意がないと生きとられん」。

「ほう」。

と、杉山は、何を生意気な、というかんじでニタリと笑った。「咽喉笛などを刎ねるのは素人じゃよ」。

「そんなら、どげんしたらよかや?」

杉山の方を振向こうともしないで来島は寝転んだまま訊きかえした。それを杉山が、武士の自殺するときは頸動脈が耳よりうしろにあるから耳尻にふかく短刀を突込んで斜めに気管にかけて刎ねきり、短刀を握ったまま両手を膝につき、少し辛抱していると脳の血液がすぐ下ってくるから見苦しく居ずまいをくずさずに死ねるものじゃ、――というと、寝ていた来島が急に起きなおった。

「なるほど、あんたは玄人じゃのう、何べんもやったこつがあるとか?」。

これには杉山もまいったらしい。「何べんもやってたまるか、――おれは昔武芸の先生から聞いたこつがあるだけたい」。

「そん先生は死んでみたこつがあるのかのう?」。

「そげんこつぁ知らん」。

といったら、対手が真剣なだけに杉山は言葉の空虚を見透かされたようなひけ目をかんじてきた。そのときの、——じっと何ものかを見据えている来島の眼がきれぎれに頭をかすめる回想の中から輝きだしたのである。俥が吉見屋へ着いて、おりようとしたとき、

「杉山さん」。

と、うしろから呼びかける声が聞えた。黒い塀の前に泥溝のような川があり、人の影が小さい橋の袂からちかづいてきた。麦藁帽を片手でおさえながら、

「恒喜さんがこの手紙ば先生に渡してくれちうておいてゆきなさったです」。

せかせかとした調子で言ったのは、本屋をしている同志の森斧吉である。「来られたらすぐ渡してくれというとりました」。

「そんなら、——行ったのか、来島は?」。

杉山は妙に落ちつきのない気もちになってきた。軒灯のあかりで手紙を読んでみると、大兄の心づかいは身に沁み申し候、誓って軽挙妄動いたさぬよう心がくべく候え

ば御安心下されたく、ついては申しおくれ候えども出京に際して森君より金十八円拝借いたし候えば御都合よろしきときお返却下され度願上候、在京中万一のこと有之節は万事可然お取計らい願い申候、不一、――と癖のある文字で書いてあった。

「来島はもう船に乗ったかい？」。

「――はア、月がよかけん船の上で一杯飲むというとりました」。

その声をうしろに聞き流して、杉山はもう船場の方角へ走りだしていた。船場を駈けぬけるとすぐ前が浜である。

白い砂をざくざくと踏んで傾斜面を水際の方へおりてゆくと、四、五町はなれた海の上に小さい灯かげが一つ揺れうごく光を波に落している。波止場にはもう人の影は見えなかった。風のつよい夜で、月のあかるい空の下に、港にならぶ船のかたちがうす墨で描きだしたようにうかんでいる。

杉山は尻ばしょりをしたまま砂丘の上に立って、

「おうい」。

と叫んだ。「来島ア、――恒喜いるかア！」。

太い声は地ひびきを立てて寄せかえしてくる波の音に吸いこまれたが、杉山の声はだんだん高くなり、やがて全身からしぼりだすような甲高い声になった。

「来島ア、――」。

波がしらの列をすべってやっとその声が小刻みにうごいている艀《はしけ》に届いたらしい。カンテラの光のような灯かげがしきりに合図をしている。

「誰かア、――?」。

と呼びかえしている声の、かすかなひびきだけが杉山の耳に残った。そう言えば重なりあった黒い人影がちらちらと動いている。何か口々に叫んでいるらしいが、何をいっているのかわからなかった。

「おれだア、――杉山だア」。

「よう、杉山ア、――行ってくるぞ」。

「ええか、――しっかりやれえ、あとはおれがひき受けたぞ」。

提灯が一つ艀の上に動きだした。慌てて灯を点けたものらしい。提灯には「ハ」の字のしるしがついている。

「来島ア、――身体を大事にせろよ」。

距離がずっと遠ざかって、艀《はしけ》が急に方向を変えたらしい。高く振っていた提灯の光が不意に見えなくなった。ぎいっこん、ぎいっこん、――と、波に逆らいながら漕いでゆく櫓の音だけがかすかに聞えてきた。

4

沖へ出るにつれて波が高くなってきた。浜の砂丘に立って叫んでいる男が杉山であることがわかると、みんな口々に騒ぎだした。艀に乗っているのは的野半助、藤島一造、久田全、玉井驕一郎、疋田麓、吉浦英之助、等々である。

「おい、――」。

と疋田が顔じゅう波しぶきを浴びながら叫んだ。「杉山、――貴様の代りに送ってやるぞ」。

そんな声の届く筈はなかったが、しかし、白い着物を尻の上までたくしあげて、両手を高くひろげたまま全身で泳ぐような恰好をして叫んでいる杉山の姿は、博多の街の灯を背景としているだけに、去る者と送る者とのかんじをまざまざとうつしだしたように思われる。

星成が今夜になって出京を思いとまったということも何かしら解き切れないような底深いものをかんじさせたのであろう。――みんな、口に出して言いたい言葉を胸の奥へねじもどしたり、咽喉元でおさえつけたりしながら、心にもない冗談を言ったり無駄口を敲いたりしていた。

「妙なもんじゃのう、——此処から見ると、柳町の灯はやっぱりなまめかしか」。

「やめとけ、恒喜さんが里ごころを起すが」。

「こいつ、しっかりせんといかんぞ、——柳町の灯よりも、あれ見い、よか月じゃ」。

「ほんによか月じゃのう」。

「ああ月あり水ありか」。

「それみろ、やっぱ、——残るもんは柳町じゃろが」。

明日早暁、博多湾を解纜《かいらん》するという「順天丸」に艀が着くと、連中は来島を先頭にして一人一人、斜にかけられた梯子《はしご》をのぼっていった。

甲板の上で月を眺めながら別れの盃をとりかわし、待たせてある艀でかえろうというのである。

甲板の上には左の頬に大きな火傷のある船長が出て来て一行を迎えてくれた。船は八百噸《トン》の貨物船であるが、十人くらいの旅客を収容するだけの余裕があった。船室というほどではなくとも、第一運賃が安いし、海に馴れた旅客にはかえってこの方がいいのである。船長の好意で甲板の片隅に花莫蓙《ござ》が敷かれた。

みんな車座になると疋田麓が大事そうに持ってきた一升徳利を膝の上で撫で廻した。

そのとき月はちょうど船の真上にあった。──光の反射をうけた雲が月とすれすれに流れてゆく。

来島が片手をマストにかけ、蹌踉《そうろう》として立ちあがった。

「よう来島調！」。

と、玉井がどろんとうるんだ瞳をあげて叫んだ。恒喜は右手で袴の結び目をおさえ、左手を脇腹にかけながらぐっとうしろへ反りかえった。しばらく眼を瞑《と》じ心をしずめるもののように唇をしっかりと結んでいたが、やがて、かすかに眼をひらいたと思うと、

「風蕭《しょうしょう》々として易水《えきすい》寒し、──」。

低い声でうたいだした。同志のあいだの通り言葉になっている「来島調」は最初の一句の終るところから急に高まって、第二句の「壮士」──で、ひと息入れるのが自然に一つの型をつくっていたが、来島は一句の切れるところで言葉を途切らしたと思うと、そのまま苦しそうに唇を嚙んだ。胸がこみあげてきたのである。

博多の灯はまだほのぼのと空に漂っている。──生きてふたたび見ようとする故郷ではない。来島はうしろのマストへ左肩をそびやかしながら凭れかかった。

「風蕭々として易水寒し」。

深い余韻が波の中に消えてゆく。咽喉がひきつったようになってどうしてもあとの「壮士」――が出て来ないのだ。声がとぎれると、夜風のうすら寒さが急に身に沁みるようである。恒喜の眼には涙があふれてきた。痩せた頰を伝って滴る涙が月光の中にキラキラと光った。

「どうもいかん」。

恒喜は微笑にまぎらしながら茣蓙の上へ腰をおろした。

「咽喉がかさかさに乾あがってうまく唄えん」。

「よか、よか」。

と疋田が言った。「それよりも一杯やろうたい、――あまり愚図愚図もしとれんでな」。

来たときとくらべると波の高まってきたのがハッキリ眼に見えるようである。艀の船頭は舟を持ちあつかいかねて、さっきからしきりに甲板の人影に向って何か叫んでいるのだ。疋田は船員から借りたコップを来島の手にわたし、徳利の口をあげた。来島がひと息に飲みほして藤島にわたすと、藤島はちびりと舐めてから、不審そうに眉をひそめた。

「何や、――こいつはいやに水っぽかぞ」。

上，来島恒喜．下，玄洋社社員とその関係者．前列右から二人目杉山茂丸，五人目頭山満，七人目月成功太郎(小説中の「星成喬太郎」)．

「水じゃから水っぽかたい、いらんこと言わんで早う廻せ」。

疋田が横目でジロリと睨み据えた。一座がたちまちしいんとなった。——誰にだって意味は通じているのだ。それを口に出して言い得ない気もちが、別離の思いをひとしお深くするのであろう、黙々として顔を見合せたまま誰ひとり立とうとするものもなかった。

舷側にあたる波の音がだんだん烈しくなってきた。さア、といって疋田が先ず腰をあげた。

「そろそろ帰らんといかんぞ、おれだけ船に残って送ってゆくけん、みんなひと先ずかえっとれ」。

「送るとや?」。

久田が咳こんだ声で言った。「送るちうて、貴様どけぇ行くか?」。

「下関に用事があるからな、——明日朝すぐかえる」。

「何の用事か?」。

「よか女子が待っとるたい」。

そんな言葉を真にうける男は一人もいなかったが、みんなへらず口を敲《たた》きながら波の上にゆれている艀に乗り移った。もう十二時を過ぎたであろう、——遠い海潮の唸りの中に秋は早くも忍びよっているのである。

5

次の日の朝、下関で疋田と別れた来島が、寝巻のままの姿で上甲板を歩いていると、数人の船客がどやどやと船橋をのぼってきた。何気なしに欄干によりかかって下を見おろしている彼の眼に、そのとき古い社中同人である岩木熊五郎と木村利雄の顔が映った。

来島は機先を制するつもりで、機関室のかげからタラップをのぼってくる二人の眼の前へぬっと顔をつきだした。

「どけぇゆきんしゃる?」。

先きに立った岩木がびくっと肩をうしろへ引いた。

「何じゃい、——的野(来島の旧姓)じゃなかか、そげんとこで何しよっとか?」。

岩木にも木村にも来島はもう半歳ちかく会っていなかった(同志といってもずっと先輩格で、彼等はそれぞれ家もあれば女房もある独立した生活者なのである)。

「東京へゆくとこです、——養家先ば離縁になってなあ、着のみ着のままじゃが」。

恒喜は眩しそうに視線を門司の港の方へ向けながら虚ろな声で笑いだした。

「冗談じゃろが?」。

鼻の下にうす髭を生やした岩木は白い詰襟の夏服のボタンをはずしたまま、腰にぶら下っている煙草入の中から銀の煙管をぬきだした。

「うんにゃ、——ほんなことい、東京へ行て、また八百屋でもやろう思うてな」。

「おい、人を嘲弄すんな、ほんなことを言え、貴様が生活なぞを気にする男か」。

木村が眼鏡越しに眼をチカチカと輝やかすと、来島はふふん、——と嘯くように口を尖らしたが、すぐ相好を崩して笑いだした。「無茶を言いなさんな、わしだって飯を食わにゃ生きとられん」。

「頭山んとこへゆくとじゃろう?」。

と岩木が言った。

「うんにゃ、ゆきなっせん、——わしはもう玄洋社も脱退しましたよ」。

「本気や?」。

岩木は煙草をひと口喫ってから急に真剣な表情になった。

「本気ですとも、——もう玄洋社とは何の関係もなかです、東京へ行たら平岡(浩太郎)をたずねて金の算段をして貰おうと思うとります」。

「解せんことをいうのう、――去年は福岡で井上を追っかけ廻しとった貴様が、どうしてそげん変ったんじゃろ?」。

「それとこれとは別ですたい」。

恒喜はだんだん沈鬱になってくる気もちをつくり笑いでゴマ化していた。進んで決意をうちあける必要はないにしても、自分の言葉を真にうけている対手の眼にふれると妙にちぐはぐな気もちになってきたからである。

出帆まではまだ一時間ほどあった。岩木は無造作に積みかさねてある太いロープの上に腰をおろし、手に持った風呂敷包を解いて、新聞にくるんだ折詰のすしをとりだした。

「どうだ、やらんか?」。

といって膝の横へ置いてから、

「――どうも東京の形勢も容易ならんぞ」。

「まさか、大隈が此処《ここ》まで腹を決めようとは思わなかった、二、三日経つと箕浦(勝人)が馬関へくるそうじゃ」。

「あいつも改進党の走狗になったか」。

岩木は革の煙草入からきざみを煙管につめこんで口にくわえながら言った。

来島は、何気なしに岩木が足元になげすてた新聞を拾いあげたのである。皺を伸ばしてひろげてみると、七月十九日の「郵便報知」であった。彼の目はすぐ、矢野竜渓と署名した巻頭の社説にひきつけられた。「条約改正問答」という題で、その日が第四回目になっている。

――条約改正に反対する者は文明の意義を解せざるものなり。第一の非難は曰く、数名の西人、法官を雇入るるは一国の体面を損じ且つ之がため他国の干渉を蒙るの恐ありと。然れども改正案の定むるところのものは埃及《エジプト》のごとき立合裁判とは全くの別物にして任免懲戒の権まったくわが手にあれば格別我国の体面を損ずることなくしてまた干渉を蒙るの恐あることなし。況《いわ》んや帰化の外人を用うるを得べきに於てをや。又《また》況んや十二年後は之を廃止するの権無論わが手中にあるをや。第二の非難は曰く、内地を解放するは危険なり、之を杜塞し置くに如かずと。然れども列国の交際は彼我均等ならざるべからず。欧洲諸国が已にわが国人に許すに内地解放を以てする以上はわれ独り之を杜塞するがごとき不均同の事を為すべからず。第三の非難は曰く、外人に土地を買占めらるるの恐あるが故に土地所有権を禁止すべしと。然れども外人のために鉄道、公債、郵船その他の株式を買占められ、工商業世界を占領せらるるに至らばたとい土地のみを所有すともその甲斐ある可からず。故に外人の占領を恐るるならば諸事業一切之を禁制せざるべからず。爾《し》かなさんと欲すれば初めより条約改正を見合すのほかなし。況《いわ》んや我国の土地は他の事業に比して利益のもっとも少なきものなるをや。世界中にて日本の土地よりも利益多き地面は日本に幾百倍するの広き面積あり。決して外人が日本の土地のみ買占めんと群がり来るべき恐なきなり。——

彼は新聞をくしゃくしゃに丸めて海の中へ抛りこんだ。改進党の機関紙である「郵便報知」が、大隈の条約改正案に賛成するのは当然であるが、こういう積極的な主張が堂々と行われているのを見ると、彼はもうじりじりと湧きかえってくる感情を、おさえることができなかった。

木村は手を伸ばして、折詰の中の海苔巻をつまみあげた。「——改進党もなかなか侮りがたいぞ、今のところ言論では筑前協会の方が押され気味だ、こっちも少し火の手を挙げんことには、だんだん切崩されるかも知れぬ」。

「九州でも相愛社の一角はもう改進党と結びついたというではないか、今んとこ鹿児島だけが鳴りをしずめておるが、それも黒田(清隆)が乗りだしてくればどう動くか大方見当がつく」。

「頭山さんは東京で何をして御座るのか、九州の言論地を払って空しじゃ、——恒喜さん」。

木村は来島の方へ嶮しい視線を向けた。

「しっかりせんとわやぞ」。

木村はひと口しゃべっては折詰のすしを頬ばった。

来島は名も知らぬ海鳥が白い浪がしらの列から次の列へすれすれにとびうつって次第次第に沖へ出てゆくのを、沈痛な表情をして眺めていたが、岩木のすすめる折詰のすしには眼も呉れないでそっと腰をあげた。

「昨夜から飲み過ぎてのう、——少し疲れとりますけん、わたしはこれで失礼します」。

新秋の海の色が彼の眼にとげとげしく沁み入るようであった。何か心に屈託のある来島の挙動が岩木の眼にもすぐ映ったらしい。

「恒喜さん」。

岩木の声の調子ががらりと変った。「あんた、ほんとに玄洋社を脱退したのか?」。

「はア」。

「そいで、ほんとに何をやるつもりか、東京へ行って?」。

「——そこんとこはまだ考えとりません」。

「おかしいことをいう、わしは真剣に訊いとるばい?」。

「わたしも真剣に答えとります」。

「恒喜さん！」。

「何でござすか？」。

「あんた、ちがうじゃろう？」。

「何がです？」。

「何がちうて、——あんたはもう条約中止運動はやらんとかい？」。

「そんなことは言いませんたい、——わたしにはわたしの考えがありますけん、言論の争いはもうこれでよかと思うとりますが」。

岩木は考え込むように腕を組んだが、すぐひとりで会得したようにうなずいた。

「東京にはあんた、泊るところがあるとな？」。

「あるにはありますばってん、何処へも行きとう御座っせん」。

「そんなら、わしんとこの宿へ来ないや、あんたの生活ぐらいどんな風にでもなるたい」。

ひたひたと迫ってくる岩木の眼は恒喜の表情の中から何事かを探り出そうとしているように見える。言葉に窮したというかんじを対手に通ずるために恒喜は大声で笑いだした。「東京へ行ったら、よか女子の世話でもしてもらいますかな」。

恒喜は心のはずみをつけるように肩をゆすぶって笑いながら、下の船室へ通ずる穴のような階段をおりていった。

船が出帆すると空模様が変って内海は何時の間にかかすかな雨になった。

6

石炭商をしている木村と大阪でわかれ、岩木といっしょに横浜に着いた来島は、無理にもという岩木の好意を断りかねて、同じ汽車で新橋へ着くとすぐに俥をつらねて岩木の常宿である鍛冶橋外、明保野《あけぼの》旅館(今の中央旅館)の門を入った。——八月二十二日の夕方である。銀座通は瓦斯灯に火が点いたばかりで、灯かげの中にぼうとうかびあがった女の顔がいきいきと輝いて見える。初秋のうすら冷たさは早くも柳の葉ずれから忍びよってくるのであった。

二階の部屋は濠を前にして、ゆるやかなうねりを見せて続いている三菱ケ原には白い薄の穂が夕闇の中にうかび、ところどころに煉瓦づくりの外国商館の屋根が見えた。遠い灯が曇った空に映っている。

数年前のおもいでが恒喜の頭に滲むようにひろがってきた。去年からしきりに手紙を往復している勝海舟にも会いたかったし、下谷の墓地の裏で長いあいだ起居を共にした山岡鉄舟にも会いたかった。中江兆民は今でもあのじめじめした日当りのわるい露地のおくで鉈豆《なたまめ》煙管を横ぐわえにしながら天下を罵倒しているのであろうか。——愛宕下の長屋から同志の牧岡吉清といっしょに野菜をつんだ荷車を曳いて芝口まで売りにきた頃の、なつかしい一日一日が閃《ひらめ》くように彼の脳底をかすめる。

しかし、今のおれは過去の生活からも人間関係からも離脱した立場に立って行動しなければならぬ。——彼は胸の奥ふかくかくした左文字の短刀に指の先でさわっていた。その夜夕飯がすむと、岩木が、どうじゃ、吉原へ行ってみんか、——と誘いかけたが、恒喜は、

「どうも」といって頭をかいた。「胃がわるくて元気がないからやめときましょう」。

恒喜は壁に脊を凭せかけ、膝を両手で抱えたまま眼を瞑じていた。

吉原に馴染の女があるらしく、岩木は、そんならゆっくり寝るがいい、おれはぶらりと歩いてくる、とあっさりうけながし、手鞄の中から持薬の「毒消丸」をとりだして来島にわたした。来島は岩木が浴衣の上からうすい羽織をひっかけ、玄関に出てゆくうしろ姿を見送ってから、女中の敷いてくれた蒲団の中へごろりと横になったが、妙にそわそわして寝つかれず、一日一刻がじっとしていられないような焦躁にせき立

てられてきたのである。

一人になって考えてみるとやっぱり頭にうかんでくるのは博多でわかれた星成の顔だ。——こうしてはいられぬと思うと、彼はすぐはね起きて着物に着替え、今から芝にいる友人を訪ねるから岩木がかえってきても心配しないように言ってくれと女中に伝言をたのんで、小さい風呂敷を持ったまま外へ出た。岩木には済まぬと思ったが足跡を晦ますためにはこういう機会をつかむよりほかに仕方がなかった。まだ時間は早いし、その足ですぐ昔馴染である愛宕下の植木屋を訪ね、そこの二階を当分の根城にして形勢を観望することにしたのである。

大隈改正案に対する反対の気勢はその頃から徐々に上下の輿論に反映してきた。各派の演説会は毎夜のように開かれるし、新聞の論調も次第に熱を帯び、反対の急先鋒である「東雲新聞」が幾度となく発売禁止の厄に遭って市中から影を没したと思うと、今まで鳴りをしずめていた「日本新聞」が急に正面から大隈外交の攻撃をはじめた。都下の論陣はようやく二つにわかれ、「報知」「朝野」「毎日」「読売」——等の政府擁護派に対抗する「東雲」「絵入自由」「朝日」「東京」「あづま」の論調は次第次第に激化してきたのである。

植木屋は老夫婦の二人ぐらしで、身を潜める場所にはもっともよかったが、大阪に茶屋奉公していた娘がかえってから近所の人たちの往来が頻繁になり、何処へ勤めているというわけでもないのに朝早く出ては夜おそくかえってくる来島の姿がだんだん人の噂にのぼるようになってきたので、彼は九月に入ると、神田美土代町にいる知人塚本忠七の二階に移ったが、ある晩、新富座で開かれた演説会のかえりみちで、刑事に尾行されてから急に身辺に不安をかんじて、次の日の朝、もう一度愛宕下の植木屋へもどり、そこからあまり遠くない書生下宿の信楽館へ弁護士試験に上京してきたという名目で寝泊りすることになった。彼の借りたのは北向きの四畳半で、壁には雨漏りのあとがしみついているし、煤《すす》けた障子をあけるとすぐ前が肥料を積んだ倉庫で、道路は深い泥溝に挟まれていた。もちろん朝から晩まで陽は当らなかったが、しかし、大抵のことに辛抱の出来る来島も、腹へ沁みとおるような泥溝の臭気だけには我慢ができなかった。胃弱の彼はどろんと濁った泥溝の臭いを嗅ぐと、むかむかと嘔気を催してくるのである。その部屋のすぐ真下が下宿の玄関にあたっているらしい。床の間の板敷が朽ちて大きな穴があいているので、顔をつきだすと出入りする人の姿が見えた。——九月も中旬を過ぎると雨の日が多くなり、食慾を減退させる泥溝の臭気は閉めきってある戸のすき間から沁みひろがってくるのである。

朝から頭痛を覚えたので、来島はうすい煎餅蒲団を頭からすっぽりとかぶったままで眠ってしまった。眼がさめてみるともう夕方で、屋根のトタン庇をはじくように雨の音が聞えた。暗い部屋の中には、床の間の板の壊れた穴の部分だけがぼうっとあかるくなっている。何気なしに上から覗いてみると、短いトンビを着た男がうしろ向きになってすぼめた番傘の雫を片手で払い落している。

肩のゆれ動く恰好が星成に似ているので、ハッと胸をおどらせたが、まさか、——と思いながら、おずおずと首をひっこめると、建付のわるい障子を無遠慮にがたがたとあけるものがあった。ランプを持った女中が入ってきたのである。

「来島さん、——お客様ですよ」。

総身水を浴びたように、ギクリと身体を顫わせながら、来島はかさかさに乾いた唇を噛みしめた。女中が出てゆくと、階段に重く間延びした足音が聞え、

「何じゃ、——寝とったのか?」。

半月ほど会わないうちに鼻の下にうすいちょび髭を生やした星成が立っている。

7

「どうしてわかった?」。

来島は蒲団を端の方からくるくると丸め、星成の坐る場所をつくってから、眉間にふかい皺を寄せた。「――魂消げたやつじゃなア、貴様は」。

「そりゃあ探したぞ、平岡さんとこかと思ったが、行ってみると知らんというし、まさかと思ったが中江兆民のとこへも行ってみた、――やっと植木屋を思いだしてな、聴いてみたらすぐわかった」。

何処かで少しひっかけてきたらしい。ランプの光の中に星成の顔はつやつやしく輝いていた。

「まア、ええ、――貴様ひだるうはないか？」。

「食うてきたばかりじゃ、それよりもどうした、すっかり痩せてしもうて――まるで監獄から出てきたばかりのような顔をしとるぞ」。

「それで、――」。

長い髪の毛をかきあげながら、来島が苦笑をうかべた。「貴様、一体何時出てきた？」。

「やがて十日になる、貴様が行ってしもうたら、もうじっとしておられん、――今まで頭山さんのとこにおった、貴様が何故来んかというて御座ったぞ」。

「そうか、――おれは誰にも会うまいと思うとった」。

「それもわかるが」。

と、急に星成が声をひそめた。「来島、時がいよいよ来たぞ、——一日も早い方がええ、一日も」。

「それも考えとるが、やるにしても時機がある」。

「時機は今だ、反対の気運は上下に横溢しているじゃなかや、——形勢はいよいよ急じゃ、貴様が愚図愚図しとるならおれがやる」。

「途方もないことをいうな。——おれはまだ早いと思うとる、今はゆっくりと言論の成行を観とるところじゃ」。

「言論、——？」。

星成はいきり立ったように片腕をたくしあげた。「貴様の口からそんな言葉を聴こうとは思わんじゃった、——伊藤が枢密院議長を辞めたのは貴様はどげん思うとるか？」。

「どげんも思うとらん、とても自分の力で拾収がつかんと思うたからじゃろう、こうなることは始めからわかっとった、——何も今更おどろくにもあたらんじゃろが」。

「それじゃけんたい、大隈がこの窮境をどうして切りぬけるか、——そいつは誰にもわからんじゃろ、今日、日本新聞社で陸羯南に会うて、昨日の内閣総会議の模様を聴いたが、黒田(清隆)と後藤(象二郎)とが正面衝突をやったそうじゃ」。

「どげん風じゃった?」。

「黒田はあくまで断行するというたそうじゃよ」。

「そうじゃろ、――黒田なら意地でも押しとおすじゃろ、そうなれば大隈の腰はだんだんつようなる、杉山が民論を激化させる必要があると言いおったが、激化させる必要のあるのは民論だけじゃなか、大隈も、やがて民論の人気なぞ気にしちゃいられなくなるじゃろ」。

「それを待っとっていてどげんなる」。

星成は片膝を立て、しきりに貧乏ゆすりをはじめた。「おれは黒田なら内閣の瓦解を覚悟の上でやると思う」。

「やる、きっとやる」。

「やったらおしまいでなかや」。

「いや、――やるのは命がけだ、星成、貴様は少し根本の考え方が足らんぞ、おれたちは大隈を殺して能事終れりとするものじゃなか、条約改正案の中止がいかに重要であるかということを全国民に知らせる必要がある、廟堂に立つ連中に、国家が将来どうなるのか見当がつかんでいるやつが多いのじゃけん、国民にこの気もちが徹底せんのは無理もなか、何せ挙世滔々たる欧化主義じゃ、矢野竜渓なぞは、世界中には日本よりも広い利益の多い土地がいくらでもある、外人に土地の所有権をあたえたところで日本の土地が買い占められる恐れはないなぞとぬかしよるが、買い占める自由をあたえておいて買い占められる恐れがないという法があるか、――矢野は外国人さえ見れば神様のように思うとる、こんな腑抜けがのさばりかえっとるから言論を誤るんじゃ、中江(兆民)は外国人は人間じゃなくて動物だと言いおったぞ、もし土地を残らず買い占められたら国民はどげんなる、日本は滅びたも同然じゃなか、ところが、矢野あたりの言論に惑わされとる国民は手前のケツ(尻)に火が点いとるのを知らんで、今度の反対運動も政権争奪のお祭り騒ぎのように思うとる。そこんとこが肝腎じゃなか、――今に見ろ、反対論はますます上下を圧倒してくる、伊藤が枢密院をやめたのは、そげんときの来るのを見越したからじゃ」。

「そうたい、――あそこには勝安房守ががんばっとるからのう」。

「勝先生はむろんやる、谷(干城)はもううじうじしとるじゃろう、谷と三浦(梧楼)と頭山と三人が血盟を結んだら大隈ものっけらかんとしちゃいられまい、まア待て、――黒田がどこまで意地を張りとおすか、そいつをしっかり見究めてからのこっじゃ」。

「貴様、その自信があるとか?」。

「ある、ある、――見とれ、ドカン! とやってやるから」。

「ドカン! と?」。

「たった一つしきゃない命だからのう」。

来島は意味ありげな笑いをうかべて星成の顔を見た。

「――おれはもう親父のこともおふくろのことも考えん。大君の国の御稜威《みいつ》をおとさじと家をも身をも捨てにしものを」。

聞えるか聞えないほどの声でひと息に微吟してから、「勝先生の歌じゃよ」と低い声で言った。

8

十月に入ると急に形勢が変ってきた。来島の最初の計画では、外務省の門の前にかくれていて、大隈の退出してくる突嗟の機会をねらってピストルをぶっぱなすのだ。もし外れたら一気に短刀を握ってとびだすつもりでいた(そのピストルは金玉均の朝鮮事件以来肌身離さず持っていたのである)。

そのために彼は毎日のようにこっそり霞ケ関の附近をうろつき、もっとも都合のいい足場や距離を丹念に研究していたのであるが、外務省の警戒がだんだん厳重になってくるにつれて、いっそのこと早稲田の自邸から出てくる大隈を覘《ねら》おうという気にもなったが、しかし、人通りのうすい場所で、そのあたりには身をひそめるところのないことがわかると、やっぱり霞ケ関以外に好適の場所はなかった。自分の行動に曇りと疑惑を残さぬ意味においても、外務大臣としての大隈をやっつける場所は霞ケ関のほかにはないことが、彼の心の中でいよいよ確定的になってきたのである。

しかし、十月が半ばを過ぎると、もう普通の身装《みなり》でそのあたりへ出入することが困難なほど警戒は一層厳重になってきた。星成とは絶えず連絡をとって機会を覘うための打合せをしていたが、ある夜、星成の下宿している神田錦町河岸の馬力屋の二階へ訪ねてゆくと、

「今、貴様を訪ねようと思うとったところじゃ」。

と、星成はとびつくようにして彼の肩をおさえた。

「よか話がある」。

「何じゃい?」。

「こっちへ来い」。

といって、彼は机の前へながながと寝そべった。「いつかの晩、貴様がドカン！　とやるというたのが頭について仕方がなかったが、そのドカンが手に入りそうになってきたぞ」。

「そいつは耳よりじゃ、——何処にある？」。

「同じドカン！　でもふとかぞ、近頃ではもう大隈の身辺に近づくことも容易ならんような状態じゃ、——ピストルは打ちそこねたらそれきりだし、短刀はこの様子じゃどうも覚束ない、やっぱりドカン！　じゃよ」。

星成はそっと起きあがってわざと街に向いた窓の障子をあけ放し、貴様の下宿の泥溝の臭いとくらべるとおれの家の馬の糞の臭いはまだましじゃぞ、——と途方もない冗談を言いながら窓框に腰をおろした。それから、ハ、ハ、ハ、ハ、と腰をゆすぶって笑いだしたが、すぐ前かがみになって声をひそめた。「昨日、大井憲太郎さんに会うたんじゃ、ほかに人がいて雑談をしとるうちに、大井さんが妙なことを言いだしなさった、——話はその上にドカン！　じゃが、それが横浜の外人墓地の裏に埋めてあるそうじゃ」。

「どげんして？」。

「詳しいことは知らん、——加波山《かばさん》事件のときの遺物だそうじゃ、大井さんもそれ以上の話はせんかったが、こいつはうまいと思ったからおれはすぐ素知らぬ顔をしてかえってきた、――貴様、今夜にでも頭山さんとこへ行て、大井に紹介状を書いてもらえ、大井なら決心をうちあけてもよかろ、早うせんと出来んぞ」。

「そいつはええ」。

来島の顔がみるみるうちにひきしまってきたのである。その晩、彼は無けなしの財布をはたいて辻俥を赤坂にいる頭山の宿屋へ走らせた。頭山は大井に会いたいという来島の言葉の底から何事かをかんじとったらしい。事はせかんでもええ、大井ならおれが明日の朝自分で出かけて貴様の思いどおりにしてやる、おれも今から飯を食うところじゃ、――いっしょに牛肉でもつついてゆかんか、といって手を鳴らし、女中に牛鍋の用意をさせてから、二、三日前に谷干城の屋敷で開かれた密議の模様を、しずかなとぎれがちな言葉で話しだした。その晩あつまったのは条約改正反対運動に狂奔している政界論壇の長老たちで、浅野長勲(侯)、三浦観樹、杉浦重剛、高橋健三、三宅雄二郎(雪嶺)、千頭清臣、福富孝季、頭山満、古荘嘉門、佐々友房、広瀬千麿の顔触が揃うと、最後の手段についての相談が開かれた。とるだけの方法はもうとりつくしているのだ、いよいよ上奏のほかはあるまい、と谷が切りだすと、一座がしいんとなった。上座にいた浅野侯爵がすぐ、

「では」。

と言いながら一座を見わたしたのである。

「自分が上奏して御中止をお願いすることに致そう」。

言葉がとぎれるとみんな同じように顔を見合せた。たった一つ残された頼みの綱がそのほかにないことはわかっているが、しかし、それだけに浅野侯爵を代表者として選ぶことにはかすかな不安があった。役に不足だというわけではないが、侯爵では、――という気もちは誰の心の底にもあったのであろう。だが、そうかといって浅野の面前でそれを言いきることのできないもどかしさが、何時の間にか沈鬱な空気を醸しだしたのである、すると谷が恭々《うやうや》しく礼をするような身構えをして浅野の顔を見あげた。「御好意はまことに結構には存じますが、――わざわざ侯爵を煩わすまでもなく」。

言葉が消えるようにとぎれると、

「私が参内いたしましょう」。

決然とした面もちを見せて言った。それでみんなはほっとした思いになったが、浅野が言いだしたときに黙っていて、谷が口を切ってから急に賛成するというわけにもゆかなかった。それがために座が一時白けたようになったが、谷と向い合って坐っていた三浦がそのとき慌てて坐りなおした。

「それよりも、おれが行こう、——おれに参内させてくれ」。

谷の表情がとげとげしくひきしまった。「だしぬけに君は何をいうか、——おれでは役に立たんというのか?」。

「そうじゃないよ、誤解しちゃいかん」。

「いや、誤解はせんが可笑しいじゃないか、身分から言えば君も子爵だし、おれも子爵だ、君が中将ならおれも中将だ、それをおれが行こうというのに、横合いから何だ」。

三浦はにやにやと笑いながら頭をかいた。

「そいつは君、ちょっとちがう、——此際君が行ったんじゃあ、宮内省で警戒して拝謁の手続をしないよ、殊に条約改正反対案につきという願書を出したんじゃ、到底受付けそうにもないぞ」。

「じゃあ、君ならいいのか?」。

「おれだって同じ願書を出したんじゃ同じことだろう、ところがおれには別の方法がある」。

「何じゃ、それは?」。

「そこだよ、——おれは君を出し抜こうなぞと思っとるんじゃない、資格は君とおれと変るところはないが、おれが行けば拝謁を許されるわけがある」。

「それは何じゃ？」。

「——おれは学習院長だ、忝《かたじけな》くも皇太子の御教育を仰せつかっているぞ」。

三浦の声はかすかに顫えている。谷も、気を呑まれたようにきょとんと眼を瞠っていたが、急に、

「そいつは」。

と言いながら不安そうな声で言った。「三浦、たしかに君の考えどおりだが、しかし、——もう一度考え直した方がいい」。

俯向いていた三浦が顔をあげた。

「考え直す余地はない、黒田と大隈が内閣にがんばっているかぎり、やるところまでやることは眼に見えている。大隈の息の根を止めない以上は御前会議を開いてもあいつはきっとがんばりとおすだろう、そうだとしたら、どんな非難を受けても上奏するよりほかに道はない」。

「うん」といったまま谷は黙ってしまった。三浦は咽喉にかすれるような低い声で、

「だから、——」。

ぐっと息を呑んだのである。「おれはもう覚悟をしている、——三浦にとってもこ

れが最後の御奉公になるじゃろう」。

一座が粛然としずまりかえった。ぽつりぽつりと話す頭山の言葉にじっと耳を澄ましながら、来島は空腹に沁みわたるような牛鍋の焦げつくにおいをじっと噛みころしていた。

9

三浦の参内は上層部の意見を強化させる結果に導いた。宮中からかえってきた彼が自室に引きこもり、御沙汰の如何によってはいさぎよく切腹しようと白無垢の下着を着たまま端坐していると、夜が更けてから門の前に馬車の軋《きし》る音が聞えたので、自分で手燭をとり、門をあけてみると、外に立っているのは枢密顧問官の元田永孚であった。元田は三浦を見ると、

「おお」。

とかすれるような声で叫び、彼の肩を抱くようにして寄りすがった。「よくやってくれました、これで天下の大事は決定しましたよ」。

元田は多くを語らず茶室で火鉢をはさんで、温厚な人柄にも似合わず条約改正案に

ついて激語をもらしてかえっていったが、しかし、三浦の参内がわかると御料局長である品川弥二郎の態度にも反政府的な立場が明かになってきた。彼は外遊を終えて帰国の途上にある山県有朋に手紙を送って、船中で帰国後の処置を誤たぬように警告を発した。——来島は頭山と別れて下宿へかえると、あくる日の夕方、大井憲太郎を表神保町の事務所に訪れた。大井は来島と向い合うとすぐに親しそうな調子で話しだした。「頭山君から今朝詳しい話を聴きました、——社中もっとも嘱望するに足る男だといっていましたよ」。

来島がすぐ話を切りだすと、大井は「うん」「うん」と大きくうなずき、

「話は森久保(作蔵)のところへゆけばわかるが、そこへゆくまでに手間がかかる、——わしが紹介状を書くから先ず順序として「あづま新聞」の高野麟三に会ってくれたまえ」。

と言った。彼はすぐ巻紙をとってすらすらと書きだしたのである。——前略折入ってお願い申上候、この状持参の人物は玄洋社員、来島恒喜君に有之、大隈案の条約改正には熱心なる反対意見を抱き非常の覚悟をもって上京されたる次第なるも、ある一点について準備上の不便を感じ居られ候まことに御迷惑には候えども若し貴兄に於て御引見の上信ずるに足るものを感得致され候節は応分の便宜お取計らい下され度候。

これでよかろう、といって大井の渡す紹介状にちらっと眼を落してから、

「結構です」。

と来島が言った。「唯、玄洋社員という言葉だけを除いていただけませんか、私は玄洋社を代表して上京したのではないですから」。

「なるほど、——じゃあ、こうすりゃよかろう」。

大井は筆をとって玄洋社の上に「旧」という字をつけ加えた。その足で、「あづま新聞社」に千葉県の自由党員である主筆高野を訪ねると、癇癖らしい高野は大井の紹介状と照し合すようにして来島の顔を穴のあくほど見てから、

「よくわかりました、——じゃあ、この手紙を持って明日早朝、この人を訪ねて下さい」。

といって葛生玄晫に宛てた簡単な紹介状を書いてわたした。次の日の朝、約束どおり葛生を日本橋呉服町の桜田旅館に訪ねると、前の晩高野から話があったらしく、葛生は酒の用意をして来島を迎え、自分は、藩閥の根柢に大斧鉞を加える決心をして、すぐに中江(兆民)を首謀者とする血盟団を組織する準備中である、といって胸中の鬱懐を洩らした。話が進むにつれて、来島は、濶達で曇りのない葛生の人間にひきつけられた。とにかく、——ドカン！の方は私が必ずひきうけた、遠からずあなたの手

に渡すようにしましょう、とあっさり請合ってから、二人で一升あまりの酒を飲みほし、今夜は痛飲しよう、と葛生がいうのを、ああよか晩じゃ、──踏破千山万岳煙、と来島が幾月ぶりかで得意の来島調を朗々と吟じだしたところへ、葛生があらかじめ来訪を予約しておいた淵岡駒吉が懐ろ手をしてぶらりと入ってきた。

来島は重荷をおろしたような気もちで、初対面の淵岡とも屈託のない調子で話しているうちに、うち溶けた感情はたちまち崩れるべき方向に向って崩れていった。いいかげん酔ったところで、洲崎へ行こう、と言いだしたのは淵岡であったが、謹厳端正な葛生がすぐ賛成し、時間はもう十二時に近かったが、寝しずまった街の、きれぎれにつづく灯かげの中を三台の俥にゆられながら洲崎遊廓へ乗込んだのである。

あくる朝、三人は大門の間ぢかにある海の見える旗亭の二階で朝酒を飲んで別れた。葛生は、別れ際に今から淵岡といっしょに神田美土代町にいる森久保作蔵を訪ね、万事の手筈が整い次第すぐ君の下宿へゆくから、夜まで外出しないで待っていてくれ、とささやいた（森久保はその数日前、上野公園に開かれた条約改正反対の全国青年大会に臨席するために上京し、ひと先ず帰郷していたが、中江を首領とする計画について謀議をかためるために、その日、神田の宿屋で葛生と会う約束をしていたのである）。

来島が信楽館の二階へかえってくると間もなく、星成が血相を変えてとびこんでき

た。彼は到頭、御前会議の開かれる段取りになったという話をしてから、

「おい」。

と詰めよるように眼をするどく輝やかした。「――愚図愚図してはおられんことになったぞ、政府は近々のうちに言論機関に大弾圧を加えるそうだ、特に御前会議のあとで国民の激昂をおさえるために、市中を徘徊する怪しいやつは一人残らず検挙するというとる」。

「是が非でも断行してみせるという腹だな？」。

「そのとおりじゃが」。

声をひそめようとしてもすぐ大きくなるのを、星成はもどかしそうに、

「――どうじゃ、明日、おれは朝早く外務省に小村(寿太郎)を訪ねるけん、貴様はおれといっしょに門の中へ入れ、おれを待っとるような恰好をして石垣のかげに立っとればよか、馬車が来たと思ったらすぐやれ」。

「まア、落ちつけ、おれにはまた別の考えがあるけん、――今夜一ぱい待て」。

「待つのはええが、政府は何時第二の保安条令を出すかも知れん、――やるならこの一日二日のうちだ」。

「急ぐな、まだ時機はある、今夜おれを訪ねてくる人があるから、貴様少し座を外

して待っていろ、――福岡で約束したことを忘れたか、先ずおれがやる、貴様は第二陣じゃ」。

「一陣も二陣もあるか、おれは貴様のやるところをしまいまで見届けてやる」。

「心配せんでもよか、――おれたちの運命も今夜のうちに決まる、最後はこれじゃ」。

彼は着物の上から左文字の短刀を軽くおさえてみせた。来島の落ちつき払っているのが何か腑に落ちない気もちもしたが、しかし、そう言われてみるとやっぱり自説を押しきるわけにもゆかず、星成は不承無精に立ちあがった。

「貴様がそういうなら、そう考え直そう、――待っとれ、夜遅うなってからやってくる」。

障子に片手をかけてから不意に気がついたように、今日、平岡(浩太郎)のところへ寄ったら、米国から古い同志の竹下篤次郎が明日横浜へ着くという入電があったので、迎えにゆくといっていたという話をすると、

「そいつはいかん」。

と言いながら、来島は片手で星成をおさえる恰好をした。

「貴様、面倒じゃろうが、平岡のところへ行って、モーニングと山高シャッポをば貸してくれるように話しといてくれんか、それだけあれば鬼に金棒じゃ」。

「何じゃい、急に」。

「――今夜の話し合いで、二、三日うちに八百屋の店開きをせにゃならんかもわからんからのう、礼装でお得意廻りをするんじゃよ」。

言ってから、来島はわざと隣室に聞えるような声で笑い出した。

10

十月十八日の夕方――外務省の石垣(その大半は今壊れてしまっているが)にそった椎の並木の下を、星成は散歩するような足どりで往ったり来たりしていた。彼はときどき懐中時計を、帯と袴のあいだからとりだしては考えこんでいたが、四時になって分秒が、かすかに動いたとき、そこからすぐ真下に見える濠に沿った道を、下げ髪に結った女学生らしい少女が、白い支那鞄のような箱を足のあいだにはさんで、俥にゆられながら半蔵門の方から近づいてきた。陽はまだ落ちてはいなかったが、石垣のかげに早くも黄昏の色がちらついている。秋の日暮れがたは街の濁音が空に吸いとられたようにひっそりとしずまりかえって、風の音が心にしみるようである。そのしずけさをやぶって馬車のきしる音がだんだん大きく聞えてきたのである。彼は石垣の上に片足をかけ、右手で手頃な椎の木の幹を抱えた。彼は息を呑み、胸の鼓動をおさえるために唇を嚙みしめた。そのとき、——モーニングに山高シャッポをかぶり、蝙蝠傘を左脇にした背の高い紳士が外務省の正門に向って歩いてくる姿が見えた。来たな、と思ったとき、左から来た馬車が流れるように彼の前を横切ろうとしたのである。彼の眼に深く垂れた幌だけが見えた。あっ、と思ったとたん、——たちまち大地が崩れるような音がした。片手でおさえた石垣がぐらぐらっと動いたような気がして、無意識のうちに慌てて椎の幹に両手でよりすがったときには、あたりは砲煙のような白い煙にとざされて眼をひらくこともできなかった。馬車に乗っていたのは大隈重信で、彼は数分前、閣議を終えて内閣を退出し、一気に馬車を走らせて桜田門をぬけ、近衛旧教導団の前を通り、霞ケ関の官邸に帰ろうとして馬首を外務省正門に向けようとしたとき、モーニングに山高帽の男が前屈みになり、お辞儀をするような身体つきをして石垣のかげからのっそり出てきたのである。間一髪であった。馭者は夢中になって鞭をくれたので、音響におどろいた馬はとび跳ねるようにして門内ふかく駈け入った。来島はたしかに効を奏したと思ったらしい。右のポケットにおさめた左文字の短刀を抜こうとしたとき、門の中から五、六人の警吏がとびだしてきた。いずれも慌てふためいているらしく、落ちつき払って立っている来島を見ると、

「犯人は?」と、気を失った顫え声で問いかけた。「犯人はどっちへ逃げたか?」。

「ああ、犯人は」。

と来島がボキボキした調子で答えた。「虎の門の方へ逃げよりました、閣下は御無事ですたい」。

突嗟の心理作用で、警吏の一団が濠に沿った道の方へ走りだしたあとで、来島は工事用の煉瓦の積みかさねてある前に腰をおろし、抜き放った短刀を、ぐさっと耳尻にふかく突き刺したのである。彼は杉山に教わったとおりに斜めに気管に掛けて刎ね切ろうとしたが、手がすべってそのままのめるように前に倒れ伏した。その姿がうすれてゆく煙をとおして星成の眼に夢のように映ったのである。彼はこみあげてくる涙をおさえ、そのまま石垣づたいに外務省の裏門の横をぬけて日比谷の方角へ大股に歩いていった。隊伍を組んだ警官の一隊が駈け足で霞ケ関の方角へ駈けてゆくあとから、群衆が騒ぎたてながらあとからついてゆくのが涙に曇る彼の視野をチラチラとかすめる。——日比谷の交叉点の前までくると、感動と不安とがからみあって何も彼も終ってしまったような、空虚な味気なさで胸が一ぱいになった。彼は四つ角にある居酒屋へ入ると、ひとりでぐいぐいと酒を呷った。涙はあとからあとからあふれてくる。ようやく灯がついたばかりの銀座通りには町の辻々にいかめしく武装した巡査が立ち、通行人を誰彼の区別なく調べているのが見えた。

早稲田大学について

批判という言葉に拘泥すると、早稲田大学という特定な学校形式はまったく存在のないものになってしまう。特に学生のもつ生活内容が、内側から生ずる思想や情熱の環境によって基礎づけられることが稀薄となり、常に外側から来る政治力と結びつくことによって決定されるような傾向を示している時代には、特に学校の性格だけをとりあげて云々するということそれ自体が既に一種の時代錯誤でもあろう。

しかし、それにもかかわらず、不思議に一つの伝統的雰囲気というべきものは、むしろ学校のワクをはなれて一般民衆の生活感情の上に濃厚に反映している。

必ずしも官学と私学という対立的な認識の上に立たなくとも、東大、早稲田、慶応、明治、法政、といったような学校形式の上にあらわれた気質的相違はおそらく牢として抜くべからざる絶対的な感情を示しているのだ。ところで、今日(五月二十七日)の「読売新聞」で、最近の大学を目標とする、教育と政治との限界について開かれた座談会記事を読んだが、その最後に長谷川如是閑が、結論的な意味で、おもしろい意見を述べている。

昔のはなしだが中央大学で予科を廃止した、それが事前に学生にわかって学生はストライキを起した、テーブルを片っぱしから倒し、先生がくると拍手をして追い返した、そのとき若槻礼次郎先生は、その倒れている机を乗り越えて、自分の受持ちの教室の演壇に立って、だれもいない教室でリーダーをひろげて講義をはじめた、廊下にはストライキを起した学生が教室の中をのぞいていたんだが、そのうちに一人入り二人入り、倒れている机を起して、いつのまにかみんな学生が入ってきて若槻先生の講義を聴きだした、つまり、ストライキでさわいだ学生が若槻先生の気魄に呑まれてしまったわけで、いまの大学教授には、そういう度胸のあるひとはいない。

何も気魄や度胸だけに拘泥するわけではないが、私は、これを読みながら二十余年前に見た一つの情景を思いうかべた。人間の「イキ」とか「ハリ」とかいうものは一種本能的なもので、人間性というものを追及してゆくと、どこからかこいつが顔をつきだすような仕組になっているらしい。もっと、わかりやすくいうと、早稲田気質とか三田気質とかいう砕けた言葉によって表現された、特殊な雰囲気と色彩なのである。そういう考え方においては福沢諭吉によって創始された慶応義塾という名称にはぬきさしのならぬ伝統がこびりついているし、早稲田は早稲田で、大隈重信によって創立された「政治専門学校」の歴史にさかのぼることなしには、雰囲気の由来するところを究めるわけにはゆくまい。

今の、長谷川如是閑の言葉から、私は図らずも一つの情景を思いうかべたといったが、そういう意味の人間的体臭において、早稲田はもっとも臭気ふんぷんたるものを残していた。大正六年、たしか八月の終りか九月のはじめであったと思う。銅像問題という名前で伝わっている有史以来の学校騒動で、騒動の主体である「革新派」と称する学生の一隊が正門をとりかこみ、雨の降った日であったが、温厚篤実な伊藤重次郎教授が、登校するために正門の前にあつまった学生のむれに向って、さかんに右手を振りあげながら、演説をやっていた。昔の葬式ではお経をよんでいる坊主のうしろから大きな傘をさしかけている男がいたが、伊藤教授のうしろに立っている学生の恰好がそれに似ていた。伊藤教授の言葉は声が低いのでよく聴きとれなかった。一種の名調子で「諸君よ、諸君は同志社の末路を知るか、新島先生去ってより」というような言葉が幾度びとなく繰りかえされたのを憶えている。

学生たちの大部分、つまり聴衆の過半数は同志社という学校についてもあまりふかい認識をもっていなかったし、まして新島襄というような名前を、知っているものはほとんどいなかったので、みんなぽかんとして、唯、芝居気たっぷりな伊藤教授の情熱的なポーズに見とれているというだけのかんじだったが、そこへ一台の俥(人力車)が乗りつけてきた。幌の中から姿をあらわしたのは紋附袴の、浮田和民博士で、博士は鞄を抱えたまま、伊藤教授の方は見向きもしないで前屈みになってよちよちと校門を入ろうとしたとき、前に立ちふさがった革新団の学生に防ぎとめられた。

「誰か?」。

筋骨の逞しい男がぐっと片袖をたくしあげた。

「早稲田大学教授、浮田和民である」。

すると、うしろにいた別の学生が叫んだ。

「学校は今日から新装された、そんな教授はあたらしい早稲田大学にはおらんぞ、帰れ!」。

浮田老博士は、そのとき二言、三言何かいったようであったが、悲しげに蒼白な頬をかすかに顫わせただけで、ふたたび、よちよちと歩いて、待っていた俥に乗り、俥は幌をおろして走りだした。

やがて三十二、三年前になるであろうが、私は今でもハッキリおぼえているのだ。私は革新団に所属する学生の一人であったが、群衆のうしろに立っていたので博士に近づくことはできなかった。もし近づくことができたとしても学生たちの暴慢な振舞いに抗議をするだけの勇気も気魄も持ち合せてはいなかったであろう。おそらく、そこにいた学生の大部分が私と同意見であったにちがいない。長谷川如是閑のいう若槻教授の気魄はもちろん尋常ならざるものであったにちがいないが、しかし、これは予科を廃止するとかしないとかいう学校内部の動きだけに限局された問題であるから、学生もまた若槻先生の機智と気魄をうけいれるだけの余裕とユーモアがあった。つまり、学生独自の感情の動き方だけでどうにでもなる問題なのである。浮田博士の場合はちがう。彼等にとっては、そうなるべきことが予定の行動であり、彼等の中の個人がたとえばどのように浮田博士を尊敬し、例えば単身敵地に乗込むような、壮烈な博士の気魄に圧倒されたとしても、学生らしい純情と師弟の関係だけをもって博士の行為をうけ入れることはできなかったであろう。大正六年の早稲田騒動は、最初銅像問題という単純素朴、というよりもむしろ児戯に類するがごとき動機に端を発していながら、日が経つにつれ、再転して学長問題と結びつき、更に三転して学制改革の目標が表面へうかびあがり、それが外部の政治的勢力によって支えられるようになって、もはや、学生だけの問題でもなければ、教授の問題でもなく、学校内部の問題でもなくなってしまった。大隈重信によって築かれた民政党の早稲田ブロックに対する政友会の挑戦に変ってきたのである。そのとき、学校はすでに革新派の校友、教授、学生たちによって占領されていたし、反対派の立場を表示する浮田博士はノートを入れた鞄こそ抱えていたであろうが、彼は長谷川如是閑の語る若槻教授のごとく、学生のいない教室で政治哲学を講ずるためにやってきたのではない。博士のもつ政治的立場は教室の外にはみだした雰囲気につながっている。博士と師弟関係をもつ革新派の学生たちもまた、純粋な早稲田の伝統につながる感情によって博士と対立したのではない。私が有史以来の学校騒動というのはその複雑さについていうのである。

この学校騒動は、所謂《いわゆる》、早稲田大学を構成する精神的要素というべきものが、歴史的環境の中で一つの完成に到達しようとするときに起った。綜合大学としての早稲田が、その運営の主体を大隈重信を中心とする早稲田独自の能力(必ずしも早稲田の出身者という意味ではなく)によって形成されようとして生じた雰囲気をいう。「進取の精神、学の独立」と、校歌の中に語られた理想が、「学の独立」において実質的内容を築きあげようとしていたときなのである。

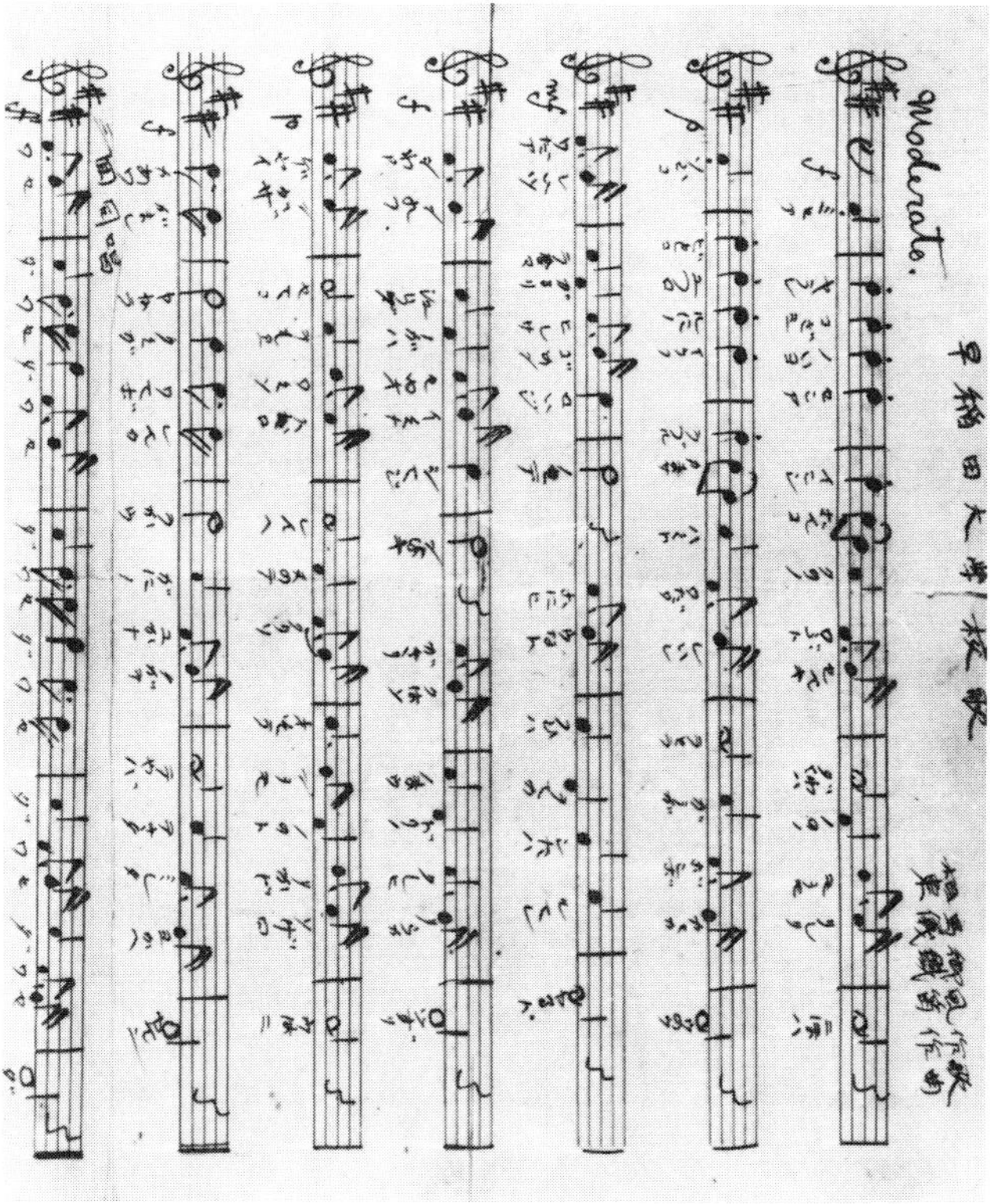

早稲田大学校歌「都の西北」(東儀鉄笛自筆).

前に説いたごとく、政治専門学校を母胎とする早稲田大学があらゆる観点において政治科中心であったことはもちろんであるが、この頃から政治科の存在は有名無実であり、学問というよりむしろ政治の実践、――その一角は政治の院外的勢力に従属する方向を示していた。大学の実質を形成するものは、新設された理工科であり、坪内逍遥によって基礎をかためられた文科であり、塩沢昌貞、服部文四郎、伊藤重次郎等々の学校をはなれてなお実社会に存在を失うことのない有能な教授をもつ商科であった。しかし、それにもかかわらず、政治科は学校の表看板であり、田中穂積を科長として、浮田和民、永井柳太郎等の人気は外部的にもひろがって、抜くべからざる勢力であった。浮田はその頃の、もっとも伝統と歴史をほこる綜合雑誌「太陽」の主筆として、長篇論文を毎月発表していたし、永井は大隈重信を主宰とする「新日本」の編集長であった。そこへ、大山郁夫が出現して、「中央公論」「改造」に、当時の評壇に君臨していた吉野作造と拮抗し、その人気と声望は隆々として圧倒的になろうとしていたときだったので、風を望んで政治科を志願する入学者は相当に多かった。

もし、早稲田スピリットとか早稲田気質とかいうものに愛着と郷愁をかんずる人たちがいるとしたら(私もまちがいなくその一人であるが)、早稲田大学は大正六年の学校騒動を限界として滅びたという意見に共感の意を表してくれるであろう。その早稲田スピリットとか早稲田気質とかいうものは何であるかといえば、これは、体臭のしみついた一つの空気というべきもので、学校のワクをはなれた俗語をもって分析すれば、一種の泥臭さであり、生活につながる意慾であり、野性であり、反思想的な人間味であり、振幅性の強い親和力であるということにもなろう。学校騒動の第一期は極めて無邪気な銅像問題から起った。これは拙作『人生劇場』青春篇に描写したごとくである。時代は大隈内閣が総辞職したばかりのときで、天野(為之)学長の任期が満了し、大隈内閣に文部大臣として入閣していた高田早苗博士が、内閣の総辞職とともにふたたび学長に再任されようとして行動を起したときと偶然にも時間的に結びついた。この頃、学校内部に恩賜館組と称する少壮教授の一団があって、そのメンバーは、何しろ三十年前の出来事だから記憶が甚《はなは》だ朦朧としているが、大山郁夫、北昤吉、武田豊四郎、原口竹次郎というような人たちがいたように思う。彼等は学校の運営に対しても批判的であったが、将来の学校を支える重要な力となるべきことが約束されていたので、学制改革についても当局に対して一意見を提示していた。

総長大隈重信はすでに八十歳をすぎた高齢であり、これに代るべきものが高田早苗であろうということは学生のあいだでも噂されており、高田は坪内逍遥の「当世書生気質」の主人公であると伝えられていたほどであるから、政治の高田、文学の坪内との結びつきは学生にとっても一つの魅力であった。学長は天野為之であったが、運営の機能はことごとく高田の一統によって占められ、市島謙吉(春城)、田中唯一郎等の直接経営者のほかにも教授間における高田ブロックは、早稲田が「学の独立」を示すに足るだけの勢力を築きあげていた。学長の任期は三年であったか四年であったか忘れたが、そのとき任期いまだ満たざるに高田学長に代ることを非難する空気が校友のあいだから起り、これが次第に政治力を加えて維持員会の一部を動かし、一方、銅像問題で校庭の一隅に建ちかけた大隈夫人の銅像をぶっ倒せなぞといって連日騒いでいる学生の大半をうやむやのうちに学長問題に拾収することに成功したのである。私はその銅像問題だけにおける主謀者の一人であった。そのとき、ちょうど夏休みで、東京に残っている学生の尠かったことが事件を決定的ならしめたもっとも大きい理由である。

もし、天野学長に野心と人間的魅力があったなら、この事件が第三段階に移って、背後的勢力が政党によってかためられようとしたとき、対社会的な波紋は一層大きくひろがったであろう。天野学長は政治性を伴わぬ純粋無垢な学究の徒で、私心というべきものがなく、その上、名利に恬淡なために、おそらく唯、自然の成行に従って動いていただけだと思う。政治関係をはなれて天野学長を擁護していたのは、かつて彼の創立した「東洋経済新報」に立てこもる三浦鉄太郎、石橋湛山の一派だけで、石橋氏は純理論的立場において天野派の采配も振っていた。ついでだから断っておくが、私は当時、家兄の自殺とともに郷里の家が没落し、石橋氏の世話で一種のアルバイト学生となって「東洋経済新報」に月給二十八円の社員として勤務していた。しかし、私たちの指導力の実体は、東洋経済でもなければ、政友会でもなく、その頃、京橋南鍋町に売文社を経営しながら、辛うじて命脈を保っていた堺利彦(枯川)であった。堺利彦の意見によると銅像問題や学長問題なぞはどうでもよく、唯騒擾の動きの中に、革命の縮図を示すというところに重要性があった。しかし、欧洲大戦が終ったばかりのときで社会主義的な認識が学生的雰囲気の中へ受け入れられる筈もなかったし、私たちの仕事は早稲田を学生の早稲田たらしめようというところに限定されていたようである。帝政ロシヤがほろびてケレンスキー内閣が、だしぬけにあらわれたときである。

暑中休暇が終ると全国に散布していた学生たちは続々と上京してきたが、彼等にとって学長問題、これに伴う学制改革の問題はまったく寝耳に水であった。そのとき、学校は革新派に占領されて講堂が本部になり、革新派の主動者たちによって、教授の任免、学生の表彰なぞが勝手に行われていた。その頃から革新派の学生のあいだに二つの潮流が対立し、これを現象的に区別すると武断派と文治派ということになるのであろう。そのことも『人生劇場』に描きだしたごとくである。

九月に入って政府の処理と干渉によってこの問題は急速に解決し、事件に関与した教授はことごとく罷免され、学生は放校処分をうけた。当時としては当然の帰結であるが、今日においてもこの事件の内容を知っている人は尠いように思う。

学校騒動を境にして、早稲田大学の性格は一変したといっていい。大隈重信が死んだのもたしかその翌年であったろう。天野派の教授はもちろん学校外に放逐されたが、そうかといって高田派をもってこれに代えるというわけにもゆかなかったらしい。天野色もなければ高田色もない一種の中間的存在だけが表面へうかびあがってきた。文部省がこの問題の解決に対してどの程度に関与したかということは一学生である私の知るよしもないことであるが、私は当時の予科長(後の高等学院)であった安部磯雄と、文科の科長であった金子馬治(筑水)によばれ、速かにこの運動から手をひくべきことを勧告された。対談中、金子先生はハンカチで顔をかくして泣き、私もまた涙をおさえることができなかった。私は特に安部教授の好意と信頼をうけていたからである。しかし、新しく形を整えた早稲田大学には、もはや私たちの魅力の対象となるべきものはなかった。学長の選任についても、高田色もなければ天野色もない、つまり、早稲田の歴史的伝統とつながりのうすい人の中から選ばなければならぬことが条件とされたらしく、もっとも無難な人物として、講師であった平沼淑郎(騏一郎氏の実兄)が推挙された。

以上が、この事件の、私の眼に映った全貌であるが、早稲田大学が学校らしい形式を備えてきたのもそれから以後であろう。それ以前の早稲田大学は、教授の個人的魅力によって、それぞれの雰囲気がつくりあげられていた。例えば坪内逍遥のシェークスピヤの講義がはじまると教室の中はたちまち立錐の余地もないほど一ぱいになってしまう。中には窓にぶら下って外から聴いているものもあった。文科の学生だけではなく、政治科からも商科からもあつまってきた。これと同じ意味で大山郁夫の時間には文科の学生が政治科の教室を埋めてしまう。個人的色彩によって一つの空気が生れていた。

私たちの時代には文科はもっとも寂寥を極め、数年間、作家的情熱というべきものは文科の教室から影を失っていた。政治科における私の同期生は横光利一であるが、文科には僅かに井伏鱒二、一人(これもあとになってわかった)を数え得る程度であろう。総括的にいうと、早稲田と慶応は、文学的な色彩においてもロシヤ文学とフランス文学による対立的傾向を示していた。その頃、もちろん早稲田にロシヤ文科なぞは確立していなかったが、私たちよりひと時代先きの、作家的雰囲気には、たしかに一つの濃厚な色彩があった。相馬泰三、広津和郎、宇野浩二、谷崎精二の名前は、同時代ともいうべき東大系の後藤末雄を先駆とする、菊池、久米、芥川等のはなやかな存在と対立して、早稲田的雰囲気をつくりあげていた（葛西善蔵は学校とは没交渉であるが、校友関係と気質的には早稲田的雰囲気を代表する作家の一人であろう)。

片上伸によって創設されたロシヤ文科が形を整えたのは学校騒動の終った翌くる年であるが、ロシヤ文学の影響は、すでに広津、宇野の時代において彼等の文学の骨格をつくりあげている。あるいは、ロシヤ的という意味においては遠く正宗白鳥にまでさかのぼることが正しいかも知れぬ。これ等をひっくるめて、島村抱月をめぐる雰囲気の上にロシヤ文学は伝統的な一つの線を引いているのである。泥臭さと野性の母胎が此処にあるとも言えよう。われわれの時代が文学的環境において空白であったのは、むしろ実践的方向へそれていった結果であって、それがもっとも顕著な形を示したものが大正六年の学校騒動なのである。

今日、文壇に早稲田派と称する党派的空気の濃厚なことを口にするものがあるが、もしそうだとすれば、長い歴史を背景とする泥臭さと野性と親和力が、庶民的な感情の中に溶けあっているだけのことで、これが政治性をもつ団結を築きあげるべき性質のものではないであろう。これは政治科の面においてもそうであり、官学派としての東大が、無言のうちに鞏固な団結力をもち、今日においてさえ、官僚的系図のつながるところには人間関係が厳として形を整えているのとくらべて対蹠的な現象を示している。

それほど早稲田は陽気であり、野放図な楽しい学校であった。それが外見的には第二義的な印象をあたえるのは、政治においても文学においても体系を持っていないからである。早稲田的性格は額ぶちのない絵のようなもので、どこかに形のゆがんだ、間のぬけたところがあり、ロシヤ文学の影響にしても、十九世紀の文学史を骨骼とする時代的認識の上に立つものではなくて、時代と時間から遊離したゴーゴリであり、ドストイエフスキーであり、アルチバアセフであり、トルストイであり、チェホフであり、否、そのゴーゴリやドストイエフスキーにしてさえも、作家全体の骨組ではなく、作品の系列からきりはなされた「死せる魂」であり、「鼻」であり、「悪霊」であり、「桜の園」であり、それ等の感情の流れが、何の淀みもなく生活の中に混入してゆくところに、早稲田的性格がかたちづくられていったと解釈することもできるであろう。文学的な伝統から言えば、私たちの時代を置きざりにして、高等学院から出発した尾崎一雄、丹羽文雄、石川達三、井上友一郎、田村泰次郎、寺崎浩というような才華絢爛たる一聯の空気によって次の時代が築きあげられ、それから今日の戦後的傾向に推移してゆくもののようであるが、学校からはなれて一般民衆の生活感情の上に反映する早稲田的性質は、むしろ一種の傍系ともいうべき高田保などの方に、気質的な伝統を残している。あの明るさと叛骨、額ぶちのない自由さは早稲田以外の学校では決して生育せざるところのものである。別の意味で、青野季吉もそうであろう。も う、こういう性格が再び新しい学校形式から生れることはあるまい。青野にも高田にも、文学とか政治とかいうワクにおさまることのできない悲劇的要素がある。これは彼等が時代から迎えられるかどうかという問題とはちがう。彼等の才能はそれぞれの方向において独自の世界を築きあげてゆくであろうが、しかし、生活の実践と結びつくことなしには彼等の文学も人生も存在しないのである。

私は十余年前、久しぶりで早稲田の講堂で一席の講演を行い、そのとき席を同じゅうした中山義秀と会って、彼もまた早稲田出身であることをはじめて知った。義秀も古き早稲田の生き残りである。学校騒動以来、私が鶴巻町を歩いたのはそのときが最初であるが、私たちの時代に、街の辻々から聞えてきた「都の西北、早稲田の森に」という相馬《そうま》御風《ぎょふう》によってつくられ、東儀《とうぎ》鉄笛《てってき》によって作曲された校歌のゆるやかな合唱は、もはやどこからも聞えて来なかった。昔は四、五人の学生があつまると、歌うことが歩くことであり、歩くことが歌うことであり、合唱が歩調にぴったりと合して、そこに時代的空気がひとりでにうきあがってくるように思われた。それにしても長谷川如是閑のいう気魄や度胸は到底今日の日本に介在をゆるさるべき性質のものではない。しかし、学生のもつ若さと情熱だけは同じ形で同じ方向にうごいてゆくように思われる。先日何かの新聞に、講演者の発声を阻むために講壇にあがって拡声器を片手でおさえている学生の写真が出ていて、その横顔が大写しになっていたが、あの顔には余裕があり、明るさがあり、思想的な真剣さよりも、むしろいたずら小僧のような印象がつよかった。ああいう実行力というものは案外、出たら目な感情の動きから生れてくるものであり、この出たら目さなしには学校生活というものは成立つものではない。否、学校生活だけではなく、青春そのものが乾からびてしまうのである。

祝東京専門学校之開校

小野　梓

本校の恩人大隈公、敬賓《けいひん》及び本校諸君、余の不学短識を以て職に本校の議員に列し、その員に加わるは、甚《はなは》だ僭越《せんえつ》の事なり。然《しか》りと雖《いえど》も、本校の恩人大隈公は余を許してその末に加わらしめ、校長・議員・幹事・講師諸君も亦《また》、甚《はなは》だ余を擯斥《ひんせき》せざるものの如し。これを以て余は自から吾《わ》が不学短識を忘れ、妄《みだ》りにその員に具《そな》われり。唯《ただ》余や不学短識、本校に補う所なかるべし(否々)。然れども既に隈公の知を蒙《こうむ》り、又《また》諸君の許す所となる余は、唯我が強勉と熱心とを以て、力をこの校に竭《つく》し、その及ばん限りは隈公の知に酬《むく》い、諸君の望《のぞみ》に対《こた》うべし(拍手)。願くは、本校の恩人及び諸君は、余の不学短識を捨ててその熱心を取り、余をして知己の人に酬《むく》ゆるの一端を得せしめよ(喝采)。

余が本校の議員に列し、熱心と勉強とを以て、事に茲《ここ》に従わんと欲せしものは、唯《ひと》り隈公と諸君との知遇に感ぜしのみにあらず、蓋《けだ》し又別に自《みず》から奮《ふる》う所ありて然るなり。余は従来一箇の冀望《きぼう》を抱《いだ》けり。その冀望とは他なし、余が生前に在って吾《わ》が微力を尽して成立せし一箇の大学校を建て、これを後世に遺《のこ》し、私《ひそか》に後人を利するあらんと欲する、これなり。この冀望たる、余が年来の志望にして、毎《つね》に用意せし所なりと雖《いえ》ども、その事の大にして且《か》つ難《かた》きや、未だこれを全うするの歩を始むるを得ず、荏《じん》苒《ぜん》今日に至れり。然るに、今や隈公が天下後進を利済するの仁あるに遇《あ》い、我東京専門学校の起るに及ぶ。余れ《わ》豈《あ》に微力をこの間に尽し、平生の冀望を全うするの歩を始めざるを得んや。顧《おも》うに、若《も》し隈公にして余《われ》のこれに与《あず》かるを許さず、諸君にして余を擯斥《ひんせき》するあるも、余は尚《な》お自《みず》から請うてこの事に従い、微力ながらも余が力を尽し、余が平生の冀望を全うするの途《みち》に就《つ》くなるべし。然るを、況《いわ》んや今隈公は余のこれに与かるを許し、諸君は甚《はなは》だこれを擯斥せず、余《わ》れ豈《あ》に微力をこの間に尽さざるを得んや（喝采）。

それ、一滴の雨水も聚《あつ》まれば大洋を成し、一粒の土砂も合すれば地球を為す。余が力、微々なりと雖《いえ》ども、熱心してこれを久しきに用うれば、又或《あるい》は積て世に利益する所あらん乎（謹聴、喝采）。

余が本校に尽さんと欲するの心情、実にかくの如し。而《し》して《こう》余が本校に望む所、又随《したがい》て大なり。余は本校に向て望む、十数年の後《の》ち漸《ようや》くこの専門の学校を改良前進し、邦語を以て我が子弟を教授する大学の位置に進め、我邦《くに》学問の独立を助くるあらんことを(謹聴々々、大喝采)。顧《かえり》みて看《み》れば、一国の独立は国民の独立に基《もと》いし、国民の独立はその精神の独立に根ざす(謹聴々々、拍手)。而して国民精神の独立は、実に学問の独立に由《よ》るものなれば、その国を独立せしめんと欲せば、必《かな》らず先《ま》ずその民を独立せしめざるを得ず(大喝采)、その民を独立せしめんと欲せば、必らず先ずその精神を独立せしめざるを得ず、而してその精神を独立せしめんと欲せば、必らず先ずその学問を独立せしめざるを得ず(大喝采)。これ数の天然に出るものにして、勢《いきおい》の必至なるものなり(謹聴々々)。今の時に当て、紅海以東、独立国の躰面を全うし自国の旗章を掲ぐるものは、寥々《りょうりょう》として暁天の星の如し(謹聴)。印度《インド》は既に亡びて英国に属し、爪哇《ジャワ》はその制を荷蘭《オランダ》に受け、暹羅《シャム》はその命を英国に聞き、近時安南《アンナン》も亦《ま》た疲れて仏蘭西《フランス》に帰する等、漠々たる亜細亜大陸の広き、能く独立の躰面を全うし、自国の旗章を翻《ひるがえ》すもの、唯《ただ》我と支那とあるのみ(謹聴々々)。我と支那とその立つ所、既にかくの如し。その勢決して処し易《やす》きにあらず。況《いわ》んや我邦の如きは、現時条約の改正すべきあり、日清韓の関係を正すべきあり、強国土壌を接して我が隙《すき》を窺《うかが》うあり、富士海城を浮べて我が利を攘《ぬす》まんと欲するものあり、その国勢の切迫する、決して安静の時に非らざるなり(謹聴、喝采)。惟《おも》うに、この間に処して独立の躰面を全うする、事甚《はなは》だ容易ならず。苟《いやし》くも我国民の元気を養い、その独立精神を発達し、これを以てこれが衝《しょう》に当るに非らざれば、帝国の独立、誠に期し難し(謹聴々々)。それ、国民の元気を養い、その精神を独立せしむるの術、頗《すこぶ》る少なからず。然れどもその永遠の基を開き、久耐の礎《いしずえ》を建つるものに至ては、唯《た》だ学問を独立せしむるに在るのみ(大喝采)。我邦《わがくに》学問の独立せざる久し。王仁《わに》儒学を伝えてより以来、今日に至る迄《まで》凡《およ》そ二千余年の間、未だ曾て所謂《いわゆる》独立の学問なるものありて我が子弟を教授せしを見ず(謹聴)。或《あるい》は直に漢土の文学を学び、或は直ちに英米の学制に模し、或は直に仏蘭西の学風に似せ、今や又独逸《またドイツ》の学を引てこれを子弟に授けんと欲するの傾きあり(苦笑、拍手、謹聴)。その外国に依頼して而《しか》も変転自から操る所なき、かくの如し。顧《おも》うに、これ学問を独立せしむるの妙術なる乎《か》、全く断じてその然らざるを知るなり(謹聴、喝采)。

抑《そもそ》も、学問を独立せしむるの要術、甚だ多《お》うし。然れども、今日の事たる、勉《つと》めて学者をして講学の便宜を得せしめ、勉めてその講学の障碍《しょうがい》を蠲《のぞ》くより切なるはなし(謹聴、拍手)。隈公嘗《かつ》て梓《あずさ》に語て曰《い》えるあり。曰《いわ》く、我邦学問の独立せざる久し、而《しこう》してその未だ独立せざるものは、職《つとめ》として、学者に与うるに名誉と利益とを以てせざるに因る、これを以て、今の時に当て、我政府は森林を択てこれを皇家の有に帰し、皇家はその収益を散じてこれを天下の学者に与え、これをして終世学問の蘊奥《うんのう》を講求するの便を得せしめ、以て学問を独立せしめざるべからずと。公の言う所、実に善し。天下の学者宜しく公を徳とすべし(大喝采)。而して余を以てこれを見れば、その外国の文書言語に依て我子弟を教授し、これに依るにあらざれば高尚の学科を教授すること能《あた》わざるが如き、又《また》これ学者講学の障碍を為すものにして、学問の独立を謀《はか》る所以《ゆえん》の道にあらざるを知るなり(拍手)。それ、人類の力に限りあり、万象の学は窮《きわ》まりなし、限りあるの力を以て窮まりなきの学を講ず、終始これに従事するも猶《な》お且《か》つ足らざるを覚ゆ。然《しか》るを、今外国の言語文書に依てこれを教授せば、これが子弟たるもの、勢い学問の実体を講ずるの力を分てこれを外語の修習に用い、以て大に有用の時を耗《そこな》い、為めに講学の勢力を途中に疲らし、所謂《いわゆ》る諸学の蘊奥を極むるの便利を阻碍《そがい》するに至らん。これ豈《あ》に学問の独立を謀る所以の道ならん哉(謹聴、喝采)。顧《おも》うに、皇家を輔《たす》け天下の学者を優待するは、内閣諸君の責なり。唯だその障碍を蠲《のぞ》き、学者をして学問の実体を講ずるの力を寛《ゆたか》ならしむるものに至らば、在野の人と雖《いえど》も亦《ま》たその責を分たざるを得ず(謹聴、喝采)。而して、本校の邦語を以て専門の学科を教授し、漸《ようや》く子弟講学の便を得せしめんと欲するが如き、蓋《けだ》しその責を尽すの一ならん(拍手)。惟うに、本校にしてその操る所を誤まらず、忍耐勉強してこれが改良前進に従事し、十数年の後、これを進めて大学の位置に致すをせば、余《わ》れその学問を独立せしむるの道に於て裨補《ひほ》少なからざるを信ずるなり(大喝采)。これ余が本校に向て冀望する所以の首要にして、微々ながらも余の力を出し、これを茲《ここ》に用いんと欲する所なり。校長・議員・幹事・講師及び学生諸君は必らず余の冀望を嘉《よ》みし、共にその力を出し、以て本校の隆盛を謀り、恩人隈公が万余の義金を捐《す》ててこの校を建て、年々数千の公資を擲《なげう》ちてこの校を維持せらるるの盛意に背《そむ》くなきを信ずるなり(拍手、大喝采)。

余が本校の将来に冀望すること、かくの如くそれ大なり。然れども、天下の事物は緩急順序あり。苟《いやし》くもその緩と急とを択《えら》ばず、その順序を失するあらば、一身の細事猶《な》お且つ挙らず、況んや天下大事の一たる子弟教育の事に於てをや(謹聴々々)。校長君は開校の詞を述べて曰《い》えらく、天下更始、新主義の学起る、都鄙《とひ》の子弟争てこれを講じ、早くこれを実際に応用せんと欲す、速成の教授今日に切なるが如しと。本邦今日の事情、実にかくの如し。而して特に政治・法律の二学の如きは、最も今日に速成を要するが如し。論ずる者、或は都鄙《とひ》政談の囂々《ごうごう》たるを憂い、天下子弟の法律・政治の学に流れて、理学を修めざるを咎《とが》むと雖《いえど》も、これ未《いま》だ今日の実情を究めざるの罪なり。抑《そもそ》も、天下の子弟たるもの、理学を修むるを捨てて政治・法律の修業にのみこれ走るは、国家の美事と謂《い》うべからず。然れども、今日の子弟にして政治・法律の二学に赴《おもむ》き、滔々《とうとう》として所在皆《み》なこれなるは、決して偶然に出るにあらざるなり(喝采、拍手）。凡《およ》そ事物の供給は、皆その需用あるに根ざす、苟《いやしく》もその需用にして存する勿《な》からしめん乎、供給決してこれに応ずることあらざるなり。惟うに、今の子弟たるもの相率《あいひきい》て政治・法律の学に赴き、滔々として所在皆なこれなるものは、政学・法学の今本邦に需用ありてこれに応ぜんと欲するものにあらざるなきを得んや（大喝采）。今余を以てこれを観《み》るに、本邦政治の改良すべきもの、法律の前進すべきもの、一にして足らず、殆《ほと》んど皆なこれを更始すべきが如し（大喝采）。これ所謂《いわゆ》る政学・法学に需用あるものにして、子弟の相率いてこの二学に赴くは、蓋《けだ》しこの需用に応ぜんと欲するものなるのみ（謹聴々々、拍手、喝采）。然《しか》るを、論者その本を極めず、一概にその末を取て咎を今日の子弟に帰す。余未《いま》だその可なる所以を知らざるなり（大喝采）。顧うに、この勢を一転し、天下の子弟をしてその学歩を理学の域に取らしめんと欲せば、早く天下の政治を改良し、その法律を前進せしめざるべからず（大喝采）。苟《いやしく》もこれを改良前進せずして、子弟の法政の学に赴くなからんことを冀《こいねが》うは、抑《そもそ》もこれ誤まれり（謹聴々々、大喝采）。今や本校の政治・法律を先にし而して理学に及ぼすものは、その意敢《あえ》て理学を軽じてこれを後にせしものにあらざるべし。唯《た》だ、今の時に当て政治を改良し、法律を前進するにあらざれば、天下の子弟を導てその歩を理学の域に進ましむるに便ならず。故に先《ま》ずその二学を盛にし、その得業《とくぎょう》学生の力に依てこの政治を改良し、この法律を前進し(謹聴々々)、以て大に形体の学を進むるの地歩を為さんと欲するものならん(喝采)。これ実に事理の緩急順序を得るものにして、余の深く賛成する所なり。但だ理学や尊とし、大にこれを勧むるにあらざれば、国土の実利、遂に収むべからず(謹聴々々)。蓋《けだ》しこれ本校の世好に拘《かか》わらずその理学の一科を設け、数年の後《の》ち大にこれを勧むるの地歩を為さんと欲するもの乎《か》。余、その用意の疎ならざるを賀するなり(喝采)。而して本校の学生諸君にして、学に理学に従わんと欲するものは、宜しく益〻《ますます》その志想を堅くし、今日の風潮以外に立ち、異日の好菓を収むべし。これ余が諸君に至嘱《ししょく》する所なり(大喝采)。

又《ま》た正科の外、別に英語の一科を設け、子弟をして深く新主義の蘊奥《うんのう》に入り、詳《つまびらか》にその細故《さいこ》を講ずるの便を得せしめんと欲するは、余の諸君と共に賛する所なり。惟うに、新主義の学を講ずる、唯《ひと》りその通般の事を知るに止るべからず、必らずやその蘊奥を極め、又《ま》た事に触れ、勢《いきおい》に応じてこれが細故を講究すべきの事多うし。然るに、若《も》し子弟をして自から原書を読むの力を備えしめず、直に海外の事を究むるの便を欠くあらしめば、時に臨み事に触れ、許多《あまた》の遺憾を抱《いだ》くあらしめん。況んや、且つ本邦の学問をしてその独立を全うせしめんと欲せば、勢い深く欧米の新義を講じ、大にその基を堅くせざるべからず(謹聴々々)。本校、蓋《けだ》し茲《ここ》に見るあり。故に英学の一科を設け、我学生をして大に原書を自読するの力を養わしめんと欲す。余輩豈《あ》にこれを賛成せざるを得んや。而《しこう》してその原書を授くるや、これを独逸に取らず、これを仏蘭西に取らず、却てこれを英語に取るものは、抑《そもそ》もこれ偶然の事にあらざるべし(拍手)。顧うに、独逸の学、その邃《すい》を極めざるにあらず、仏蘭西の教、その汎《はん》を尽さざるにあらず。然《しか》れども、人民自治の精神を涵養《かんよう》し、その活潑《かっぱつ》の気象を発揚するものに至ては、勢い英国人種の気風を推《お》さざるを得ず(大喝采)。これ本校が独語に取らず仏語に取らず、故《ことさ》らにこれを英語に取り、以てこれを子弟に授くるもの乎《か》(謹聴)。その用意、又密なりと謂《いい》つべし。論者、間々《まま》、或《あるい》は少年子弟の自治の精神を涵養し、その活潑の気象を発揚するを喜びず、強《しい》てその輩《やから》を駆《かり》てこれを或る狭隘《きょうあい》なる範囲内に入れ、その精神を抑《おさ》え、その気象を制せんと欲するものあり。然れども、これ国を誤まるの蠹虫《とちゅう》なり(拍手、喝采)。諸君はその宋儒の学問が支那と我邦《くに》の元気を遅鈍にし、為めに一国の衰弊《すいへい》を致せしを知るならん。彼《か》れ宋儒は人民精神の発達を忌《いみ》てこれを希《こいねが》わず、寧《むし》ろこれを或る範囲内に入れ、その自主を失なわしめ、唯だ少年の子弟をして徒《いたず》らに依頼心を増長せしめ、その極や卑屈自から愧《は》じず、終《つい》に一国の衰弊を致したるにあらずや(大喝采)。然るを、論者これを察せず、漸《ようや》く活潑に赴《おもむ》くの気象を抑えてこれに赴かしめず、将《まさ》に自治に入らんと欲するの精神を制してこれに入るなからしめんとす。これ豈《あ》に宋儒の陋轍《ろうてつ》に倣うものにあらざらんや(謹聴)。

今や国家事多うし。宜しく少年の子弟をして益〻自治の精神を涵養《かんよう》し、愈〻《ますます》活潑の気象を発揚せしむべし。豈《あ》に敢《あえ》てこれを抑制し、以て漸《ようや》く将《まさ》に復せんと欲するの元気を再衰せしむるを得んや(大喝采)。而してこれを涵養し、これを発揚するの要に至ては、勢い英国人種の跡に述べ従い、以て人生自主の中庸を得せしめざるべからず(喝采)。況《いわ》んや理学の如きも、近時に及んで米洲《べいしゅう》別に一軌軸を出し、将に宇内に冠たらんとするの望みあり。蘇言《そげん》の器、伝話の機等、近時の新発明に係《かかわ》るもの、殆んど皆な米人の手にならざるはなく、英国人種の学問に富む、又決して政治の上に止まらざるなり(謹聴)。本校、蓋《けだ》しこれに見るあり。故に独逸を捨てて取らず、仏蘭西を措《お》いて顧みず、却て英書を取てこれを我学生に授け、以て大に新主義の蘊奥を極むるの利を与え、以て詳《つまびらか》にその細故を講ずるの便を得せしめ、往々学問の独立を謀らんと欲するものならん。その意、誠に偶然にあらざるを知るなり(拍手、喝采)。

最後に、余は一の冀望を表し、これを本校の諸君に求め、天下の人衆をして本校の公明正大なるを知らしめんと欲するものあり。これ他なし、本校をして本校の本校たらしめんと欲する、これなり。今《い》まこれを再言すれば、東京専門学校をして政党以外に在て独立せしめんと欲する、これなり(大喝采)。余は本校の議員にして立憲改進党員なり。今ま党員たるの位地よりしてこれを言《い》えば、本校の学生諸君をして咸《ことごと》く改進の主義に遵《したが》わしめ、皆《み》なその旗下に属せしめんと欲するは、固《もと》よりその所なり（大喝采）。然れども、余が議員たるの位置よりしてこれを言えば、暗々裏に学生諸君を誘導してこれを我党に入るるが如き、卑怯の挙動あるを恥《は》ず（大喝采）。惟《おも》うに、本校の目的たる、学生諸君をして速《すみやか》に真正の学問を得せしめ、早くこれを実際に応用せしめんと欲するに在るのみ（謹聴、拍手）。故に、諸君にして真正の学識を積むあらん乎《や》、本校の意足れり。本校、又別に求むる所あらざるべし（謹聴、拍手）。而して異日《しこう》学生諸君が卒業の後、政党に加入せんと欲せば、一に皆《み》な諸君が本校に得たる真正の学識に依て自《みず》からこれを決すべし（謹聴、大喝采）。本校は、決して、諸君が改進党に入ると自由党に入ると乃至《ないし》帝政党に入るとを問て、その親疎を別《わか》たざるなり（大喝采）。惟うに、これ余一人の冀望なるに止まらず、恩人隈公・校長・議員・幹事及び講師諸君も、亦《ま》た均《ひと》しく斯《この》冀望を抱《いだ》き、共に本校の独立を冀《ねが》い、共に他の干渉を受けざるを望むならん。然るを、世の通ぜざるもの、間々《まま》これを疑うあり。蓋し又陋《せま》しと謂つべし（謹聴々々）。而して余がこの冀望たるや、独りこれを我《わが》東京専門学校に求むるのみならず、又広くこれを官私の学校に求め、これをして各々《おのおの》政党の以外に独立せしめ、以て学校の学校たる本質を全うせしめんことを望むなり（拍手、大喝采）。

今やこの開校の期に遇《あ》い、親しくその式に与《あず》かる。故に聊《いささ》か余が心情と冀望とを述べ、以てこの開校を祝するの詞《ことば》と為す。惟うに、恩人隈公、及その他の諸君は、余が説を容《い》るるや否《いなや》(拍手、大喝采)。

- 本篇は、小野梓の東京専門学校開校式での演説「祝東京専門学校之開校」を筆記したものである(早稲田大学図書館蔵)。今回、手書き稿本より全文を翻刻した。
- 翻刻にあたり、手書き稿本は片仮名で表記されているが、平仮名に改めた。旧仮名遣いを新仮名遣いにした。漢字語「此」、「其」、「夫」、「是」、「之」は、平仮名「この」、「かく」、「その」、「そ」、「こ」、「これ」にした。また、適宜、句読点を補った。

早稲田大学　略年表

一八三八(天保九)年
2月　大隈重信、佐賀会所小路(現、佐賀市水ヶ江)に出生(16日)。

一八八一(明治一四)年
10月　明治一四年の政変により、参議大隈重信侯が政界から下野する。

一八八二(明治一五)年
3月　大隈侯が立憲改進党を結成、総理となる。**9月**　大隈侯の年来の学校創設の構想が実り、下戸塚村早稲田の大隈別邸に隣接する地に、新校舎一棟、寄宿舎二棟が建てられる。**10月**　東京専門学校の開校式挙行(21日)。大隈侯は、自分が式典に出ることで政府から学校が敵視されることを慮り、出席しなかった。校長大隈英麿が開校宣言を朗読、次に天野為之が演説、成島柳北が祝辞を述べ、最後に小野梓が演説をした。幹事、秀島家良。講師、高田早苗・天野為之・岡山兼吉・山田喜之助・山田一郎・砂川雄峻・田原栄。議員、前島密・鳩山和夫・矢野文雄・小野梓・島田三郎・北畠治房・成島柳北・沼間守一・牟田口元学。学生八七名。

一八八三(明治一六)年
7月　坪内逍遥が講師に就任。学校に対し政府は警戒を強め、様々な迫害、妨害を加えた。

一八八四(明治一七)年
7月　第一回卒業式。卒業者一二名。

一八八五(明治一八)年
9月　岸本能武太が講師に就任。

一八八六(明治一九)年
1月　小野梓が三五歳で逝去する(11日)。大隈侯は、「我が輩は両腕を取られたよりも悲しかったんである」と嘆いた。

一八八七(明治二〇)**年**
9月 前島密校長就任。 **12月** 伊藤博文内閣、保安条例を公布、反政府活動の鎮圧を図る。
一八八八(明治二一)**年**
1月 伊藤博文、黒田清隆と大隈侯が会談。
2月 大隈侯が、入閣の要請を受けて伊藤内閣の外務大臣として政界に復帰する。
一八八九(明治二二)**年**
5月 大講堂竣工。大隈侯は、欧米諸国との条約改正問題にあたる。 **10月** 大隈侯が来島恒喜に襲われ、右足を失う重傷を負う。
一八九〇(明治二三)**年**
7月 鳩山和夫校長就任。 **11月** 第一回帝国議会招集。
一八九一(明治二四)**年**
6月 鈴木大拙が入校(**10月**退校)。 **9月** 大西祝が講師に就任。 **10月** 『早稲田文学』創刊。
一八九七(明治三〇)**年**
5月 浮田和民が講師に就任。
一八九八(明治三一)**年**
6月 第一次大隈内閣成立。
一八九九(明治三二)**年**
5月 安倍磯雄が講師に就任。岸本能武太、大西祝、浮田和民、安倍磯雄、同志社出身の四名の講師就任は、早稲田大学の学風の形成に大きな功績があった。
一九〇二(明治三五)**年**
9月 早稲田大学と改称。
一九〇四(明治三七)**年**
2月 日露戦争開戦。木下尚江(一八八八年卒)が、社会主義演説会で非戦論「戦争の影」を講演。演了直前に中止を命じられた。
一九〇七(明治四〇)**年**
4月 校長、学監制廃止により、大隈重信総長、高田早苗学長就任。 **10月** 創立二十五周年を記念して校歌「都の西北」制定、作詞相馬御風(一九〇六年卒)、作曲東儀鉄笛。相馬は、恩師坪内逍遥、島村抱月のもとで作詞した。最後のエール「ワセダ〳〵」を逍遥が加筆した。

一九一三(大正二)年
10月 創立三十周年を記念して、校旗、式服式帽の制定、早稲田大学教旨を宣言する。

一九一四(大正三)年
4月 第二次大隈内閣成立。

一九一五(大正四)年
8月 高田早苗が、大隈内閣の文部大臣となる。 **9月** 天野為之学長就任。

一九一六(大正五)年
12月 大隈侯夫人の銅像建設に反対意見が出る。「早稲田騒動」の発端となる。

一九一七(大正六)年
4―8月「早稲田騒動」の内紛が拡がる。尾崎士郎は学生団を指導、大学を除籍される。
9月 波多野精一講師が辞任、早稲田を去る。

一九一八(大正七)年
8月 政府、シベリア出兵宣言。大山郁夫(一九〇五年卒)が、出兵反対を唱える。 **10月** 平沼淑郎学長就任。

一九二〇(大正九)年
2月「大学令」により大学となる。

一九二一(大正一〇)年
11月 塩沢昌貞学長就任。この年、女子聴講生七名が入学した。

一九二二(大正一一)年
1月 大隈重信侯逝去(10日)、大学は19日まで休校とし全員が服喪した。国民葬となる。 **11月** アインシュタインが来校。

一九二三(大正一二)年
5月 学長制廃止、単一総長制発足。塩沢昌貞就任。 **6月** 高田早苗第三代総長第二代総長就任。 **9月** 関東大震災で大講堂、校舎が罹災する。

一九二七(昭和二)年
10月 大隈記念大講堂竣工。大隈侯の唱えた人生百二十五歳説にちなんで、時計塔の高さを百二十五尺とした。

一九二八(昭和三)**年**

8月　アムステルダム・オリンピックにて、在校生の織田幹雄(一九三一年卒)が、三段跳で日本人として初の金メダルを獲る。**10月**　坪内博士記念演劇博物館竣工。シェイクスピア時代のフォーチュン座を模してつくられた。

一九三〇(昭和五)**年**

2月　早稲田大学教授を務めた大山郁夫が、総選挙で新労農党より立候補、当選する。

一九三一(昭和六)**年**

7月　田中穂積第四代総長就任。応援歌「紺碧の空」制定(作詞、住治男。作曲、古関裕而)。

一九三二(昭和七)**年**

10月　創立五十周年、高田早苗(藤井浩祐作)、大隈重信(朝倉文夫作)の銅像が除幕される。

一九三八(昭和一三)**年**

5月　映画『人生劇場・残侠篇』の主題歌として「人生劇場」(作詞、佐藤惣之助。作曲、古賀政男)が作られる。

一九三九(昭和一四)**年**

4月　女子学生、四名が初めて入学する。

一九四〇(昭和一五)**年**

1月　文学部教授津田左右吉(一八九一年卒)が、上代史の学説を問題視され、大学を辞職、起訴される。**2月**　斎藤隆夫(一八九四年卒)が、帝国議会衆議院本会議で日中戦争批判の反軍演説を行い、議員を除名される。**7—9月**　リトアニアの日本領事館領事代理・杉原千畝《ちうね》(一九一九年中退)が、ナチスの迫害から逃れてきたユダヤ人難民約六千人に、本省の訓令に反して独断で通過査証を発給、難民を救った。

一九四二(昭和一七)**年**

11月　衆議院議員中野正剛(一九〇九年卒)が、大隈講堂で東条英機首相弾劾演説を行う。中野の演説に応えて、学生全員が起立して校歌「都の西北」を合唱した。

一九四三(昭和一八)**年**

10月　出陣学徒壮行会が戸塚グランド(現、総合学術情報センター)で開催される(15日)。学徒出陣壮行早慶野球戦が行われる(16日)。飛田《とびた》穂洲《すいしゅう》(一九一三年卒)は、この試合を「場を囲繞する両大学の学徒は、従来の如く勝敗に拘泥するところなく、飽くまで試合を尊重し、出陣学徒壮行の大行事に敬虔の意を表して美しい実を結んだ……試合終了と共に両大学の学徒は等しく立って出陣の歌「海ゆかば」を斉唱した。最早敵も味方もない」と記した。

一九四四(昭和一九)**年**

9月　中野登美雄第五代総長就任。この頃、学生の勤労動員が増強され、通年動員となる。

一九四五(昭和二〇)**年**

空襲により大隈会館、恩賜記念館が全焼、校舎の三分の一以上が罹災する。**9月**　授業再開。

一九四六(昭和二一)**年**

6月　総長選挙で津田左右吉が当選するが辞退、再選挙となる。島田孝一第六代総長就任。

一九四九(昭和二四)**年**

4月　新制早稲田大学発足。

一九五四(昭和二九)**年**

9月　大濱信泉第七代総長就任。

一九五六(昭和三一)**年**

12月　石橋湛山(一九〇七年卒)が、早稲田出身者で初の総理大臣となる。

一九五九(昭和三四)**年**

10月　南門通りに食堂「稲穂」(店主・長谷川弘)が開店する。インドのネール首相が来校。

一九六〇(昭和三五)**年**

3月　西ドイツのアデナウアー首相が来校。安保闘争が激化する。**10月**　浅沼稲次郎社会党委員長(一九二三年卒)が、演説中に刺殺される。

一九六二(昭和三七)**年**

2月　米国のR・F・ケネディ司法長官が来校。学生との討論会を行う。

一九六五(昭和四〇)**年**

10月　応援歌「コンバット・マーチ」誕生。

一九六六(昭和四一)**年**

1月　学費値上げ・学生会館管理運営問題で全学部ストに入る。　9月　阿部賢一第八代総長就任。

一九六八(昭和四三)年

6月　時子山常三郎第九代総長就任。

一九七〇(昭和四五)年

4月　元衆議院議員松村謙三(一九〇六年卒)が、周恩来中国首相と会見、日中国交回復に尽力した。　10月　村井資長第十代総長就任。

一九七八(昭和五三)年

6月　『小野梓全集』(全五巻・別冊、早稲田大学大学史編集所編)刊行開始。　11月　清水司第十一代総長就任。

一九八二(昭和五七)年

10月　創立百周年記念式典が挙行される。大隈講堂において、早稲田大学創立百周年記念弁論大会が開かれる。第一席に石井達也、第二席に瀬戸口壮夫、第三席に山平国人、小田圭一が選ばれる。　11月　西原春夫第十二代総長就任。

一九九〇(平成二)年

10月　総合学術情報センター竣工。　11月　小山宙丸第十三代総長就任。

一九九三(平成五)年

7月　ビル・クリントン米国大統領が大隈講堂で講演、帰りに東門前大隈通りの記念ペナント店「オギワラ」で、オリジナルペナントを購入。

一九九四(平成六)年

8月　杉原千畝の功績を讃えた「人道の丘公園」が、生地の岐阜県八百津町に完成。　11月　奥島孝康第十四代総長就任。

二〇〇二(平成一四)年

9月　日英対抗ラグビー・オックスフォード大学戦開催。　11月　白井克彦第十五代総長就任。

二〇〇七(平成一九)年

10月　創立百二十五周年記念式典が挙行される。

二〇一〇(平成二二)年

11月　鎌田薫第十六代総長就任。

(岩波現代文庫編集部編)

解　説

南丘喜八郎

今からほぼ半世紀前、東京オリンピックの翌年(昭和四十年)十二月のことである。大学当局は冬休みに入って学生が不在である機を狙うかのように、学費値上げを決定した。これが早稲田闘争・百五十日間にわたる全学ストの始まりだった。

それまで校内には「学生会館の管理運営権を学生の手に！」と書かれた立看板が疎らに立っているだけ、大半の学生は一部活動家がハンドマイクで絶叫する演説を聞き流していた。だが、学費問題に火がつくや、「学費値上げ反対！」「早稲田は貧乏人の学校だ！」などと書かれた立看板が突如、構内の至るところに林立した。高度成長期とはいえ、まだ貧しい時代だった。大半の学生はアルバイトで学費を稼いでいた頃である。

年が明け、学生たちが続々と学校に戻ってきた。学内では学費値上げ問題にとどまらず、四万人にも膨れ上がったマンモス大学の抱える問題を論議する学生の熱気が徐々に高まっていた。校内の其処かしこで熱い議論の輪が広がった。百年一日の如き古色蒼然たる授業に飽き足らぬ学生の不満は爆発寸前だった。政治経済学部自治会委員であり、早稲田精神昂揚会のメンバーだった私もその渦の真っ只中にいた。

一月中には全学部でスト権が確立した。寒風吹き抜ける本部前広場では度々一千人以上もの学生が集り、大学を糾弾する集会が行われた。警官隊突入に備えて、教室から机や椅子を運び出し、各学部の入口にはバリケードが築かれた。自由の学の殿堂がパリコミューンの要塞と化したかのようだった。学内は騒然としてはいたが、学生は何故か活気に満ち、潑剌としていた。「吾こそ青成瓢吉(『人生劇場』の主人公)なり」と自認する学生が続々現れた。彼等は教授のいない教室で教壇に上がり演説を始める。

諸君、諸君は何のために政治科に学ぶか、十年一日のごとき講義を聞いて、死せる理論を暗記するためであるか。……

われわれは言うまでもなく代議士ではなくて学生である。学生には学生として当面すべき事実がある。死せる理論に埋没することによって生ける事実に当面することを失わば、百巻の書を学ぶと雖も、ついに哀れなるノートの奴隷たるにすぎぬ！……

諸君、諸君の『ポリチックス』をとじよ、ノートをひき裂け！　そして、頭をあげよ。

（『人生劇場』青春篇）

スト反対派も賛成派も真剣勝負、時には小競り合いや喧嘩もあった。早稲田大学とは何か、建学の精神とは何か、学生は熱く論じた。傲然と肩を怒らせ、その眼はギラギラ輝いていた。二月に入り、全学共闘会議がバリケードで大学本部を封鎖、大学当局の要請で機動隊が出動し、二百三人の学生が逮捕された。異常事態は六月のスト解除まで続いた。この百五十日間にわたる闘争は、早稲田とは何か、「学の独立」とは何かを考える好機になったことは間違いない。

今回、尾崎士郎の「学校騒動」を読んで、尾崎の演説が発端となった大正六年の早稲田騒動の真相を知った。

本書「学校騒動」中の岩橋勘山は後の首相石橋湛山である。驚くべきことに、石橋はこの騒動における天野派の総大将だった。早稲田の創立者大隈重信と高田早苗一派が恣意的に運営するのは大学の私物化だ、という天野派の主張に共鳴した石橋は学校改革を企図する「ケレンスキー」とあだ名された。東洋経済新報社は天野派の一大拠点・アジトとなった。石橋は『東洋経済新報』の社説(大正六年九月二十三日号)「暴徒とは何事ぞ」でこう記している。

早大学生の起って革新の叫びを挙げたのは、偶々《たまたま》溌剌たる良心と愛校の赤誠とを有し、理想的の良学生たることを示すもの、寧ろ意を強うこそすれ決して咎むべき筋はない。

一方、石橋が対決する大隈重信も「学校騒動は改革思想である。この改革が実に世界の進歩をうながす」(大正六年、雑誌『学報』)と応える。両者一歩も譲らぬ丁々発止のやり取りだ。激動の維新を生き抜き、来島恒喜の爆弾で隻脚の身となった大隈の「学校騒動は改革思想である」との啖呵には感動する。同時に、大隈重信を向こうに回して堂々と言論戦を挑む石橋湛山にも大いなる共感を覚える。これこそが実に大隈精神・早稲田精神の核心、発露だ。

西南戦争で西郷隆盛が城山で自刃してから五年、まだ各地に藩閥政府に不満を持つ不平士族の残党が虎視眈々と天下の情勢を窺っていた頃、大隈は東京専門学校を創立した。世間はこれを「大隈学校」と呼び、政府からは「謀反人養成所」と危険視され、学校は反権力の象徴的存在となった。勿論、常時官憲の監視対象だった。

この早稲田大学は官吏養成を目的とした帝大とは対蹠的な、「異端の系譜」に属する反逆者を生んだ。尾崎士郎は勿論、石橋湛山もこの系譜に連なる。大隈自身が「我輩の歴史をかたると、ことごとく不平。時代に反抗してやってきた。世界の歴史はこの不平が、とうとう今日の文明をうみだしたのである」(高野善一『早稲田学風』)と語っている通り、早稲田は異端・反逆者たちの巣窟だった。

この大隈学校には全国津々浦々から、国家権力への挑戦も辞さない独立不羈、野放図で奔放な人材が集まってきた。斉藤隆夫、中野正剛、緒方竹虎、鈴木茂三郎、浅沼稲次郎、彼らはみな権力への反逆者であり、異端の系譜に連なる人々だ。津田左右吉、朝河貫一、大山郁夫、木下尚江、猪俣津南雄等など。

その早稲田が近年、建学の精神を喪い、権力への迎合、官僚化の傾向を徐々に強めている。早稲田大学の変貌を象徴する事件が起きたのは、平成十年十一月だった。国賓として来日した中国・江沢民国家主席が大隈講堂で記念講演を行い、六百人余の学生が詰めかけた。壇上には大学総長や早稲田出身の小渕恵三首相の姿もあった。江主席の講演中に二階席で数人の学生が「核実験反対」と中国語で書いた横断幕を垂らし、会場から「中国人民を弾圧しているのは誰だ」の野次が飛んだ。その直後、三名の学生が私服警官に取り押さえられ、逮捕されるという事態が起きた。

学生は事前に学生証を提示して申込み、逮捕された学生も参加証を持参して入場していた。かつての早稲田なら「学の独立」を掲げて全学ストを組織するに十分な衝撃的な事件だった。しかし、大学当局も学生もこの事態を黙認、ただ沈黙するだけだった。沈黙こそ早稲田精神の死滅である。『月刊日本』は、特集「しっかりしろ早稲田！　大隈侯が泣いているぞ！」を企画、大学当局の対応を厳しく批判し、早稲田再生へ熱いエールを送った。

学校騒動から三年後の大正九年、早稲田大学は新たに公布された「大学令」によって文部省の管轄下に入る。「謀叛人養成所」たる早稲田がついに国家権力の軍門に屈したのだ。帝国大学が高級官吏たる国家指導者を育成するとすれば、早稲田など私大は帝大出身者の指導宜しきを得て下士官育成機関たる役割に甘んじることを受け入れたのだ。この時、まだ存命中だった大隈はこの事態をどう受け止めたのか、大隈の思いを伝える記録には残念ながら接したことはない。

尾崎は本書でこう記している。

もし、早稲田スピリットとか早稲田気質とかいうものに愛着と郷愁をかんずる人たちがいるとしたら(私もまちがいなくその一人であるが)、早稲田大学は大正六年の学校騒動を限界として滅びたという意見に共感の意を表してくれるであろう。

この学校騒動で改革側に立ち、辞職に追い込まれた少壮の政治学者大山郁夫は大学を去るに当たり、「早稲田の学徒に与ふ」でこう述べている。

我々が知っている通りに、「学問の独立、研究の自由、及び学問の活用」によって貫かれている早稲田精神というものは、創立以来絶えず官僚閥族から向けられて来た煩瑣なる干渉及び圧迫と闘い、時としてはその存立に対する脅威をも排除しつつ、極力自由討究の領域を擁護して来た我が早稲田学園の生活歴史を背景としてでなければ、その全意義を把握することが出来ない……早稲田精神は、かくの如く刻々発展をつづけることに依って不断にそれ自身を更新することによって、永久にそれ自身を新鮮に保って行くことが出来るのである。沈滞は早稲田精神の死滅を意味する！

(『改造』昭和二年三月号)

建学百三十年余を経た早稲田大学は現在文科省の管理下にあって、只管学校経営に身を窶している。学生には大隈の言う「改革思想」たる学校騒動を起こす覇気すら感じられない。

尾崎士郎の代表作『人生劇場』の主人公青成瓢吉は、尾崎の分身である。瓢吉の父瓢太郎は終生親分なしの乾分なし、一本独鈷の俠客だが、老残の身に恵まれた一人息子の瓢吉に彼一流の教育を施した。自宅の裏庭にある大銀杏に繰り返し登らせ、その根元を大きく揺さぶり、こう叫ぶのだ。

瓢吉！　えらくなれ！　貴様はこの村の奴等の真似をするな、何でも無鉄砲なことをしなきゃ、えらくなれねえぞ！

早稲田は幾多の無鉄砲な「瓢吉」を育んできた。彼らは決して本郷の「三四郎」を真似したり、追随することなく、異端の一本独鈷を貫いてきた。構内には、大隈没後十年を記念して彫刻家朝倉文夫の手になる大隈の銅像が、口を「へ」の字に結んで、日夜教官や学生たちを見下ろしている。黙して語らぬ大隈の銅像は、早稲田の現況を見て何を思うのか。

世界が歴史的大転換期を迎えようとする今日、人真似をせず、無鉄砲なことをする若者が必要なのだ。「異端の系譜」こそが、旧来の陋習を打ち砕く。

いま、早稲田大学は、その存在の意味を問われている。覚悟を決めて突き進まねばならない。

しかし、そこで、くじけるな。くじけたら最後だ。堂々とゆけ。よしんば、中道にして倒れたところで、いいではないか。

（「俵士よ」。尾崎士郎の息子俵士に宛てた生前の遺書）

（『月刊日本』主幹）

本書は一九五三年一〇月、文藝春秋新社から刊行された。
著者名は、本来は「尾﨑士郎」です。
本書では、文藝春秋新社の奥付表記を採用させていただきました。

早稲田大学

2015 年 1 月 16 日　第 1 刷発行
2015 年 7 月 28 日　第 2 刷発行

著　者　尾崎士郎《おざきしろう》

発行者　岡 本　厚

発行所　株式会社 岩波書店
〒101-8002 東京都千代田区一ツ橋 2-5-5

案内 03-5210-4000　販売部 03-5210-4111
現代文庫編集部 03-5210-4136
http://www.iwanami.co.jp/

印刷・精興社　製本・中永製本

ISBN 978-4-00-602251-8　　Printed in Japan

岩波現代文庫の発足に際して

新しい世紀が目前に迫っている。しかし二〇世紀は、戦争、貧困、差別と抑圧、民族間の憎悪等に対して本質的な解決策を見いだすことができなかったばかりか、文明の名による自然破壊は人類の存続を脅かすまでに拡大した。一方、第二次大戦後より半世紀余の間、ひたすら追い求めてきた物質的豊かさが必ずしも真の幸福に直結せず、むしろ社会のありかたを歪め、人間精神の荒廃をもたらすという逆説を、われわれは人類史上はじめて痛切に体験した。

それゆえ先人たちが第二次世界大戦後の諸問題といかに取り組み、思考し、解決を模索したかの軌跡を読みとくことは、今日の緊急の課題であるにとどまらず、将来にわたって必須の知的営為となるはずである。幸いわれわれの前には、この時代の様ざまな葛藤から生まれた、人文、社会、自然諸科学をはじめ、文学作品、ヒューマン・ドキュメントにいたる広範な分野のすぐれた成果の蓄積が存在する。

岩波現代文庫は、これらの学問的、文芸的な達成を、日本人の思索に切実な影響を与えた諸外国の著作とともに、厳選して収録し、次代に手渡していこうという目的をもって発刊される。いまや、次々に生起する大小の悲喜劇に対してわれわれは傍観者であることは許されない。一人ひとりが生活と思想を再構築すべき時である。

岩波現代文庫は、戦後日本人の知的自叙伝ともいうべき書物群であり、現状に甘んずることなく困難な事態に正対して、持続的に思考し、未来を拓こうとする同時代人の糧となるであろう。

（二〇〇〇年一月）

B231
現代語訳 徒然草
嵐山光三郎

『徒然草』は、日本の随筆文学の代表作。嵐山光三郎の自由闊達、ユーモラスな訳により、兼好法師が現代の読者に直接語りかける。

B232
猪飼野詩集
金時鐘

朝鮮人の原初の姿が残る猪飼野での暮らしを「見えない町」「日々の深みで」「果てる在日」「イルボン　サリ」などの連作詩で語る代表作。巻末に書下ろしの自著解題を収録。

B233
アンパンマンの遺書
やなせたかし

アンパンマンの作者が自身の人生を語る。銀座モダンボーイの修業時代、焼け跡からの出発、長かった無名時代、そしてアンパンマン。遺稿「九十四歳のごあいさつ」付き。

B234
現代語訳 竹取物語 伊勢物語
田辺聖子

『竹取物語』は、美少女かぐや姫を描いた日本最古の物語。『伊勢物語』は、在原業平の恋愛を描いた歌物語。千年を経た古典文学が現代の小説を読むように楽しめる。

B235
現代語訳 枕草子
大庭みな子

『枕草子』は、作者清少納言が平安朝の様々な話題を、鋭敏な感覚で取上げた随筆文学の代表作。訳文は、作者の息遣いを再現して新鮮である。〈解説〉米川千嘉子

岩波現代文庫[文芸]

B236
小林一茶 句による評伝
金子兜太

小林一茶が詠んだ句から、年次順に約90句を精選して、自由な口語訳と精細な評釈を付す。一茶の入門書としても最適な一冊となっている。

B237
私の記録映画人生
羽田澄子

古典芸能・美術から介護・福祉、近現代日本史など幅広いジャンルで記録映画を撮り続けてきた著者が、八十八年の人生をふり返る。

B238
「赤毛のアン」の秘密
小倉千加子

アンの成長物語が戦後日本の女性の内面と深く関わっていることを論証。批判的視点から分析した、新しい「赤毛のアン」像。

B239-240
俳諧志(上・下)
加藤郁乎

近世の代表的な俳人八十名の選りすぐりの句を、豊かな知見をもとに鑑賞して、俳句の奥深さと楽しさ、近世俳諧の醍醐味を味わう。〈解説〉黛まどか

B241
演劇のことば
平田オリザ

演劇特有の言葉(台詞)とは何か。この難問と取組んできた劇作家たちの苦闘を、実作者の立場に立った近代日本演劇史として語る。

2015.6

岩波現代文庫［文芸］

B242-243
現代語訳 東海道中膝栗毛(上下)
伊馬春部訳

弥次郎兵衛と北八の江戸っ子二人組が、東海道で繰り広げる駄洒落、狂歌をまじえた滑稽談あふれる珍道中。ユーモア文学の傑作を現代語で楽しむ。〈解説〉奥本大三郎

B244
愛唱歌ものがたり
読売新聞文化部

世代をこえ歌い継がれてきた愛唱歌は、どのように生まれ、人々のこころの中で育まれたのか。『唱歌・童謡ものがたり』の続編。

B245
人はなぜ歌うのか
丸山圭三郎

言語哲学の第一人者にして、熱烈なカラオケ道の実践者である著者が、カラオケの奥深さ、上達法などを、楽しくかつ真摯に語る楽しい一冊。〈解説〉竹田青嗣

B246
青いバラ
最相葉月

〝青いバラ〟＝この世にないもの。その不可能の実現に人をかき立てるものは、何か？バラと人間、科学、それぞれの存在の相克をたどるノンフィクション。

B247
五十鈴川の鴨
竹西寛子

表題作は被爆者の苦悩を斬新な設定で描いた静謐な原爆文学。日常での何気ない驚きと人の不思議な縁を実感させる珠玉の短篇集。著者後期の代表的作品集である。

2015.6

B248-249
昭和囲碁風雲録(上・下)
中山典之

隆盛期を迎えた昭和の囲碁界。碁界きっての書き手が、木谷実・呉清源・坂田栄男・藤沢秀行など天才棋士たちの戦いぶりを活写、波瀾万丈な昭和囲碁の世界へ誘う。

B250
この日本、愛すればこそ
—新華僑四〇年の履歴書—
莫邦富

文化大革命の最中、日本語の魅力に憑かれた青年がいた。在日三〇年。中国きっての日本通となった著者による迫力の自伝的日本論。

B251
早稲田大学
尾崎士郎

『人生劇場』の文豪尾崎士郎が、明治・大正期の学生群像を通して、希望と情熱の奔流に衝き動かされる青年たちを描いた青春小説。
〈解説〉南丘喜八郎

B252
幻の朱い実(上)
石井桃子コレクションⅠ
石井桃子

二・二六事件前後、自立をめざす女性の魂の交流を描く。著者生涯のテーマを、八年かけて書き下ろした渾身の長編一六〇〇枚。

B253
幻の朱い実(下)
石井桃子コレクションⅡ
石井桃子

軍靴とどろく時、深い愛に結ばれた明子と蕗子。しかし蕗子は帰らぬ人となった。そして半世紀をへて、衝撃の事実が明かされる。
〈解説〉川上弘美

2015. 6